기도하는 공작 부인

The Duchess at Prayer
기도하는 공작 부인

이디스 위튼 지음 | 김혜림 옮김

새벽북스

작가 소개

이디스 워튼(1862~1937)은 미국의 대표적인 여성 소설가로 1900년대 초반 미국 상류층 사회의 위선과 인간 심리를 예리하게 탐구한 작품을 남겼다. 그녀는 40년 동안 20여 편의 장편과 80여 편에 이르는 중단편 소설 이외에도 시, 에세이, 여행기, 회고록 등 20여 권의 논픽션을 남겼으며, 정원과 인테리어 디자이너로 활동하면서 관련 분야의 책을 내기도 했다.

워튼은 뉴욕의 부유한 상류층 가문에서 태어나 어려서부터 이탈리아, 프랑스 등을 여행하거나 거주하면서 견문을 넓히고 건축·예술에 관한 관심을 키웠다. 그녀는 이른바 '귀족층'에 대한 내부자의 지식을 바탕으로 특권 계층 내부의 규범, 여성에게 주어진 제한된 역할, 개인적 욕망과 제도의 갈등을 반복적으로 탐구했다.

1877년 15살 나이에 처음 중편소설을 완성하였으나, 여자가 작가라는 직업을 갖는 것이 상류 계층 규범에 맞지 않는다는 당시 생각에 따라 1885년 자산가인 에드워드 로빈스 워튼과 결혼한 뒤 수년간의 공백기를 거쳐 1891년에 비로소 〈맨스티 부인 방의 전망Mrs. Manstey's View〉을 발표했다.

1913년 이혼 후에는 프랑스에 정착해 살며 전쟁 구호 활동에 적극적으로 나서 프랑스 정부로부터 최고 훈장인 레지옹 도뇌르를 받기도 했다.

주요 작품으로는 평단과 대중 모두에게 사랑을 받은 〈기쁨의 집House of Mirth〉(1905)을 비롯하여 〈이선 프롬Ethan Frome〉(1911), 〈여름

Summer〉(1917), 그리고 여성 최초의 퓰리처상 수상작 〈순수의 시대The Age of Innocence〉(1920)가 있다.

차례

작가 소개
4

로마 열병
9

기도하는 공작 부인
51

옮긴이의 글
117

일러두기
- 모든 주석은 옮긴이 주다.
- 원서에서 이탤릭체로 강조한 부분은 이탤릭으로 표기하였다.

로마 열병[1]

---
[1] Roman Fever: 18~19세기에 로마 여행자들이 자주 걸리던 '말라리아'를 가리키던 표현.

1

 지긋한 나이의 품위 있는 미국 여성 두 명이 로마의 한 레스토랑에서 점심을 끝내고 높은 테라스로 자리를 옮겼다. 두 사람은 난간에 기대서서 서로를 잠시 바라본 다음, 발아래 장엄하게 펼쳐진 팔라티노 언덕과 포럼의 풍경을 내려다보았다. 그들의 얼굴에 어렴풋이 만족감이 어렸다.

 발랄하고 앳된 목소리가 안뜰로 이어지는 계단으로부터 난간에 기대선 두 사람의 귀로 들려왔다.

"자, 빨리 가자!"

목소리는 두 중년 부인들이 아닌, 보이지 않는 누군가에게 외쳤다.

"소녀 같은 우리 엄마들은 뜨개질이나 하시게 내버려 두고 말이야."

그러자 앞의 목소리처럼 생기 있는 또 다른 목소리가 웃으며 대꾸했다.

"아이참, 바버라. 정말 뜨개질을 하고 계시지는 않잖아."

"그냥 그렇다는 말이지."

첫 번째 목소리가 다시 말했다.

"어쨌든 불쌍한 우리 어머니들은 할 일이 그런 것밖에 없잖아……."

그러고는 계단이 꺾이는 지점부터 두 사람의 대화가 더 이상 들리지 않았다.

두 중년 여성이 이번엔 약간 민망한 듯 웃으며 다시 서로를 바라보았다. 몸집이 작고 창백한 쪽이 고개를 가볍게 저으며 얼굴을 살짝 붉혔다.

"아휴, 바버라……"

그녀는 계단 너머의 짓궂은 목소리를 향해 들리지 않는 꾸지람을 중얼거렸다.

더 큰 체격에 혈색도 좋으며, 작고 단호한 코와 검고 짙은 눈썹을 가진 다른 여성이 유쾌하게 웃으며 말했다.

"딸들이 우리를 저렇게 생각한다니까."

친구는 그 말에 반대하는 몸짓으로 대답했다.

"우리가 꼭 그렇다는 건 아냐. 잘 생각해 봐. 그저 요즘 사람들이 '어머니'를 뭉뚱그려 떠올리며 하는 말일 뿐이야. 그리고……"

그녀는 살짝 죄의식이 담긴 표정으로, 고급스럽게 장식된 검정 핸드백 안에서 두 개의 뜨개바늘이 꽂힌 진홍색 명주 실타래를 꺼냈다.

"누가 알았겠어."

그녀는 중얼거렸다.

"새로운 세상이 되어 확실히 시간 여유가 많아졌잖아. 그래서 때로는 이런 경치를 바라보는 것도 지루할 따름이지."

그녀는 발아래 펼쳐진 장대한 풍경을 가리키며 말했다.

피부색이 짙은 여인은 또 한 번 웃었고, 두 사람은 다시 경치로 시선을 돌렸다. 그리고는 로마 하늘의 봄 햇살에 실려온 듯한 잔잔한 평온 속에서 말없이 풍경을 바라보았다. 점심시간은 이미 훌쩍 지났고, 넓은 테라스 한쪽 끝에는 오직 두 사람뿐이었다. 반대편 끝에는 발아래 펼쳐진 도시를 아쉬운 듯 바라보는 몇몇 관광객이 안내 책자를 챙기고 팁을 꺼내느라 분주했다. 마지막 손님들이 떠나자 상쾌한 바람이 살랑이는 테라스에는 두 사람만 남았다.

"우리 그냥 여기 좀 더 있어도 될 거 같아."

또렷한 눈썹에 혈색 좋은 슬레이드 부인이 말했다. 그녀는 가까이 있는 허름한 라탄 의자 두 개를 가져와 난간 모퉁이로 밀었다. 그리고는 그중 하나에 앉아 팔라티노 언덕을 지그시 바라보

앉다.

"이보다 더 아름다운 전망은 세상 어디에도 없을 거야."

"*내게는* 언제나 그럴 거야."

친구인 앤슬리 부인이 '내게는'이라는 말을 살짝 강조하며 맞장구를 쳤다. 슬레이드 부인은 친구가 그 구절에 힘을 주는 것을 눈치챘지만, 그것이 단지 우연인지, 아니면 별 의미 없는 말에 밑줄을 긋던 옛날 편지 쓰기 같은 것인지 의아했다.

'그레이스 앤슬리는 늘 고루했지.'

슬레이드 부인은 속으로 생각했다. 그리고는 회상에 젖어 미소를 띠며 말을 이었다.

"여긴 우리 둘 다 오래도록 익숙해진 풍경이지. 우리가 여기서 처음 만났을 때는 지금 우리 딸들보다 더 어렸잖아. 기억나?"

"그럼, 당연히 기억하지."

앤슬리 부인이 또다시 애매하게 힘이 들어간

말투로 중얼거렸다. 그리고는,

"저기 지배인이 우리가 무얼 하고 있는지 궁금해하는 것 같은데……."
라고 덧붙였다.

그녀는 확실히 슬레이드 부인보다 자기 자신이나 세상에서 누릴 수 있는 권리에 대해 자신감이 없어 보였다.

"그럼 내가 그 궁금증을 풀어줘야겠네."

슬레이드 부인이 앤슬리 부인의 것만큼이나 고급스러워 보이는 핸드백으로 손을 뻗으며 말했다. 그녀는 손짓으로 지배인을 부르더니, 두 사람 모두 로마를 오래 사랑해왔고 이 멋진 전망을 좀 더 즐기며 오후를 마무리하고 싶다고 양해를 구했다. 물론 영업에 방해가 되지 않는다면 말이다. 지배인은 그녀가 건넨 팁에 고개를 숙이며, 두 부인을 당연히 환영하며 저녁 식사까지 머물러 주신다면 더더욱 영광이라고 말했다. 아시겠지만 마침 보름달이 뜨는 밤이라고 알려주면서.

슬레이드 부인은 달에 대한 언급이 뜬금없고 약간 불쾌하기까지 한 듯 눈썹을 찌푸렸다. 하지만 지배인이 물러나자 미소로 표정을 지우며 말했다.

"글쎄, 뭐 나쁠 건 없지. 딱히 더 재미있는 일도 없고 우리 딸들이 언제 돌아올지도 모르니까. 넌 아이들이 어디 갔다 오는지는 아니?"

앤슬리 부인이 또다시 얼굴을 살짝 붉혔다.

"대사관에서 만난 젊은 이탈리아 비행사들이 타르퀴니아에 가서 차를 마시자고 했나 봐. 아마 기다렸다가 달빛 아래 비행기로 돌아오려는 게 아닌가 몰라."

"달빛! 달빛이라……. 그게 아직도 통하나 봐. 우리 애들도 우리가 그랬던 것처럼 감상적일까?"

"아이들이 어떤지 나는 전혀 모르겠어."

앤슬리 부인이 말했다.

"그리고, 아마 우리도 그땐 서로를 잘 몰랐던 것 같아."

"맞아, 아마 그랬을 거야."

앤슬리 부인은 조심스럽게 그녀를 바라보았다.

"네가 감상적이었다니, 상상도 못 했어, 얼라이다."

"글쎄, 어쩌면 아니었을 수도 있고."

슬레이드 부인은 눈을 가늘게 뜨고 회상에 잠겼다. 그녀는 두 사람이 어린 시절부터 친했지만, 서로에 대해 얼마나 아는 게 없었는지를 잠시 생각했다. 물론 두 사람은 언제든지 서로를 소개할 말이 준비되어 있었다. 예를 들면, 델핀 슬레이드의 아내인 얼라이다 슬레이드 부인은, 호러스 앤슬리의 아내인 그레이스 앤슬리에 대해 자신에게 혹은 누가 묻더라도 이렇게 말했을 것이다.

"그레이스는 25년 전엔 정말 아름다웠어요. 알아요, 믿기 힘들지요? 물론 지금도 여전히 매력적이고 우아하긴 하지만, 그땐 정말 눈부셨죠. 딸인 바버라보다 훨씬 예뻤어요. 물론 바버라가 요즘 기준으로 보면 더 눈에 띄지요. 개성이 넘친다고 할까. 참 신기하죠, 그런 평범한 부모 사이에서 그런 애가 태어나다니. 맞아요. 호러스 앤슬리는, 음, 아내와 판박이였어요. 박물관에 전시될 법한 뉴욕 구세대의 표본이었죠. 잘생기고 흠잡을 데 없으며 모범적인 사람이었거든요."

슬레이드 부인과 앤슬리 부인은 오랫동안 실제로도 비유적으로도 서로 마주 보고 살았다. 이스트 73번가 20번지 집 응접실에 커튼을 새로 달면, 길 건너 23번지에서는 바로 그것을 알아챘다. 그리고 집안사람들의 움직임, 새 물건, 여행, 기념일, 병치레 등 맞은편 품위 있는 부부의 밋밋한 일상 중 슬레이드 부인이 놓치는 것은 거의 없었다. 하지만 남편 슬레이드 씨가 월스트리트에서 큰 성공을 거둘 무렵에는 이미 그런 것에 시들해졌고, 어퍼 파크 애비뉴에 집을 살 때쯤엔 이런 생각까지 하게 됐다.

'차라리 주류 밀매점 맞은편에 사는 게 재미있겠어. 적어도 단속반이 현장을 덮치는 걸 볼 기회가 있잖아.'

그레이스의 집이 급습당하는 상상이 너무 재미있어서, 슬레이드 부인은 이사 전에 친구들과의 점심 모임에서 이 이야기를 꺼냈다. 그 이야기는 반응이 좋았고, 여기저기 퍼져나갔다. 가끔은 그 이야기가 길 건너 앤슬리 부인 귀에두 들어갔을지 궁금하긴 했다. 아니길 바랐지만, 설령 그렇다고 해도 크게 개의치 않았다. 그땐 점잖은 게 별로 중요하지 않던 시절이었고, 그런 사람들을 조금 비웃는다고 해서 해가 될 건 없었다.

그로부터 몇 년 후, 두 사람은 몇 달 사이로 남편을 잃었다. 격식에 맞게 조화(弔花)와 위로의 말이 오갔고, 애도의 그림자 속에서 잠시 친분이 다시 이어졌다. 그리고 또다시 소식이 끊겼다가 로마에서 우연히 마주친 것이다. 각자 당당하게 자란 딸들을 '모시고' 같은 호텔에 묵고 있었다.

이런 비슷한 운명 때문에 그들은 다시 가까워졌다. 두 사람은 가벼운 농담을 나누며 예전 같았으면 딸들을 따라다니느라 힘들었을 텐데, 이제는 그러지 않으니 때로는 따분하다는 고백까지 나누었다.

슬레이드 부인은, 의심할 여지 없이, 남편을 잃은 상실감을 가련한 그레이스보다 자기가 훨씬 더 깊이 느낀다고 생각했다. 델핀 슬레이드의 아내에서 그의 미망인이 되는 건 엄청난 추락이었다. 그녀는 자기가 사교적 재능 면에서 남편과 대등하다고 언제나 생각했으며(부부로서 가지는 어떤 자부심이었다), 그들이 그렇게도 특별한 부부였던 데에는 자신도 충분히 이바지했다고 믿었다. 하지만 남편의 죽음 뒤에 드러나는 차이를 만회할 수 없었다. 언제나 국제적인 사건 한두 개는 담당했던 유명한 기업체 고문 변호사의 아내로서, 그녀의 하루하루는 예기치 못한 흥미로운 일거리로 가득했다. 때로는 저명한 외국 손님을 준비 없이 갑자기 대접해야 했고, 법률 관련 업무로 급히 런던이나 파리, 로마에 갔을 때는 또 그에 상응하는 융숭한 접대를 받기도 했다. 그리고 뒤이어 들려오는 사람들의 평가를 듣는 것도 은근한 즐거움이었다.

"뭐라고요? 저 세련된 옷차림과 멋진 눈매를 가진 부인이 슬레이드 씨의 아내라고요? 정말요? 유명인의 아내는 보통 촌스러운데 말이죠."

그렇다. 그런 화려함 이후에 미망인 슬레이드로 사는 것은 참으로 무기력했다. 대단한 남편에 맞추어 사는 데 모든 능력을 쏟았던 그녀가 이제 집중할 곳은 오직 딸밖에 없었다. 아버지의 재능을 물려받은 듯했던 아들이 어린 시절 갑작스럽게 세상을 떠났기 때문이다. 그때의 고통은 남편이 곁에 있었기에 서로 위로를 주고받으며 견딜 수 있었다. 이제 남편마저 죽고 나니 아들에 대한 기억조차 감당하기 어려웠다. 그녀에게는 딸을 돌보는 일밖에 남은 게 없었는데, 사랑스러운 제니는 너무나 완벽해서 더 이상 엄마의 손길이 필요하지 않았다.

'바버라 앤슬리가 내 딸이었다면 내가 이렇게 마음 편히 지낼 수 있었을까?'

슬레이드 부인은 마음 한편으로 부러운 마음이 들었다. 제니는 재기 넘치는 바버라보다 어리고 예뻤다. 하지만 더할 나위 없이 예쁜 처녀임에도 그 미모와 젊음으로 인해 위험에 빠지는 일을 만들지 않는 희귀한 경우였다. 슬레이드 부인에게는 그것이 당혹스럽고 약간은 따분하기까지 했다. 그녀는 제니가 남자와, 심지어 그가 나쁜 남자일지라도, 사랑에 빠지기를 바랐다. 그러면 딸을 지켜보고, 노련하게 전략을 세워 구해주기라도 할 텐데. 그런데 현실은 정반대였다. 제니가 오히려 어머니를 보살펴주고 찬 바람을 쐬지 않게 하고 제때 약을 먹는지 챙겨주었다.

앤슬리 부인은 친구보다 말솜씨가 부족하고, 슬레이드 부인에 관한 기억이 희미하고 정확하

지 않았다. 요약하자면,

'얼라이다 슬레이드가 엄청나게 똑똑하긴 하지만, 자기가 생각하는 것만큼 뛰어나진 않아.' 정도가 될 것이다. 그리고 슬레이드 부인을 잘 모르는 사람들에게 이렇게 덧붙일 수도 있다.

"슬레이드 부인은 참 매력적이었어요. 딸 제니보다 훨씬 더요. 물론 제니도 예쁘고 어떤 면에선 똑똑하지만, 엄마가 지녔던 뭐랄까…… '생기발랄'한 면이 전혀 없어요."

누군가가 '생기발랄'이라는 표현을 쓰는 것을 들었을 것이다. 앤슬리 부인은 이처럼 요즘 유행하는 말들을 손가락으로 따옴표를 그려가며 인용했다. 마치 그런 뻔뻔스러움은 생전 처음 들어봤다는 듯이. 그렇다. 제니는 엄마를 닮지 않았다. 앤슬리 부인은 친구 얼라이다가 슬픔에 잠겨 있다고 종종 생각했다. 전체적으로 보았을 때 그녀의 삶이 실패와 실수가 가득한 안타까운 인생이었기 때문이다. 앤슬리 부인은 줄곧 그녀를 안

쓰럽게 여겨왔다.

   이들 두 여인은 각자 자신이 가진 작은 망원경을 거꾸로 들고 그쪽으로 보이는 서로의 모습을 표현했다.

2

두 여인은 한참 동안 말없이 나란히 앉아 있었다. 눈앞에 펼쳐진 거대한 '메멘토 모리'[2] 앞에서, 자신들의 덧없는 일상을 잠시 내려놓을 수 있음에 안도하는 듯했다. 슬레이드 부인은 '황제의 궁전'[3]이 자리한 황금빛 비탈을 응시한 채 꼼짝 않고 앉아 있었고, 조금 후 앤슬리 부인도 핸

---

[2] Memento Mori: 라틴어로 '죽음을 기억하라'는 뜻. 여기서는 로마 유적을 말함.
[3] Palace of the Caesars: 로마의 팔라티노 언덕에 세워진 고대 로마의 궁전들.

드백을 만지작거리던 손을 멈추고는 사색에 잠 겼다. 친한 친구들이 보통 그렇듯이, 이제까지는 두 부인이 같이 있을 때 수다를 멈춘 적이 없었 는데, 이제 와서 친밀함의 새로운 단계를 경험하 는 것 같아 앤슬리 부인은 어떻게 대처해야 할지 약간 당황했다.

정시에 맞춰 로마 전체를 은빛 지붕처럼 덮는 깊고 장엄한 종소리가 갑자기 공기를 가득 채웠 다. 슬레이드 부인이 손목시계를 흘깃 보며 말 했다.

"벌써 다섯 시야."

놀란 듯한 어조였다.

앤슬리 부인이 조심스럽게 떠보듯 물었다.

"다섯 시엔 대사관에서 브리지 모임이 있지?"

슬레이드 부인은 한참 동안 아무 말이 없었다. 깊은 생각에 빠진 듯하여, 앤슬리 부인은 친구가 자신의 말을 듣지 못했다고 생각했다. 그런데 한 참 뒤, 마치 꿈속에서 깨어난 듯한 목소리로 그녀가 대답했다.

"브리지라고 했어? 네가 가고 싶다면야……
하지만, 난 안 가려고."

"아, 아니야."

앤슬리 부인이 서둘러 맞장구쳤다.

"나도 관심 없어. 여기 너무 좋은데 뭘. 네가
말한 것처럼 옛날 기억들도 많고."

그녀는 의자에 자리를 잡고 앉더니, 슬그머니
뜨개질 거리를 꺼냈다. 슬레이드 부인이 곁눈질
로 그 행동을 보았지만, 잘 관리된 자신의 손은
무릎 위에 가만히 얹어두고만 있었다.

"방금 생각해봤는데……"

슬레이드 부인이 천천히 입을 열었다.

"세대에 따라 여행자들이 느끼는 로마의 의
미가 참 다른 것 같아. 우리 할머니들은 '로마 열
병'이 생각날 것이고, 우리 어머니들에겐 딸이
들뜬 마음에 연애 감정에 빠질까 봐 걱정되는 위
험한 곳이었을 거야. 그래서 우리를 얼마나 철저

하게 보호했는지……. 그런데 우리 딸들에게 로마는 뉴욕 한복판보다도 위험이 없어. 애들은 모르고 있지만, 정말 많은 걸 놓치고 있는 거야!"

긴 황금빛 햇살이 희미해지기 시작하자, 앤슬리 부인은 뜨개질 거리를 눈 가까이 가져갔다.

"그래, 우리가 얼마나 철저하게 보호를 받았는지."

슬레이드 부인이 말을 이었다.

"난 늘 이런 생각을 했어. 우리 어머니들이 할머니들보다 훨씬 힘들었을 거라고. 열병이 창궐하던 시절엔 해 질 무렵만 되면 딸들을 불러들이기가 비교적 쉬웠을 거야. 그런데 우리가 젊었을 때, 그렇게 아름다운 거리가 우리를 유혹하고, 거기에 살짝 반항심까지 더해졌으니까. 위험이라고 해봐야 해진 뒤 서늘한 공기로 인한 감기가 고작이었으니, 그땐 엄마들이 우리를 집안에 붙잡아두느라 애를 먹곤 했어, 안 그래?"

그녀는 다시 고개를 돌려 친구를 보았지만, 앤

슬리 부인은 뜨개질의 까다로운 부분에 집중하느라 시선을 들지 않은 채 맞장구를 쳤다.

"하나, 둘, 셋…… 두 코 넘기고…… 그래, 우리 어머니들은 그랬을 거야."

슬레이드 부인은 그녀를 유심히 바라보며 생각했다.

'이 풍경을 앞에 두고도 저렇게 뜨개질을 할 수 있다니! 정말 그레이스답네…….'

슬레이드 부인은 등을 기대고 앉아 사색에 잠긴 채, 마주 보이는 유적에서부터 포럼의 길고 움푹 꺼진 풀밭, 그 너머로 흐릿하게 빛이 사그라들고 있는 성당의 전면, 그리고 멀리 자리 잡은 거대한 콜로세움까지 시선을 옮겼다. 그러다 문득 이런 생각이 들었다.

'우리 딸들이 감상이니 달빛이니 하는 것들에 휘둘리지 않는다고 말할 수 있어서 다행이야. 하지만, 바버라 앤슬리가 후작 작위가 있다는 그 젊은 비행사를 꼬드기려 하는 걸 모른다면 내가 바보지. 제니는 바버라 옆에선 승산이 없어. 그것도 알아. 그래서 그레이스가 두 아이가 어디든 함께 다니는 걸 좋아하는 건지도 몰라. 우리 가여운 제니는 바버라의 들러리네!'

슬레이드 부인이 들릴까 말까 헛웃음 소리를 내자, 앤슬리 부인이 손에 있던 뜨개질 거리를 내려놓았다.

"뭐라고 했어?"

"아, 아무것도 아냐. 그저 네 딸 바버라가 어떻게 그렇게 모든 일을 자기 뜻대로 이끌어 가는지 궁금해하는 중이었어. 그 캄폴리에리 집안 아들은 로마에서도 손꼽히는 신랑감이잖아. 모른 척하지 마. 너도 다 알면서. 그래서 말인데, 이렇게 말하기 조심스럽지만, 너와 호러스같이 점잖은 부부에게서 어떻게 저렇게 활동적인 아이가 나왔는지 참 궁금해."

슬레이드 부인은 약간 날이 선 웃음을 지으며 덧붙였다.

앤슬리 부인은 뜨개바늘 위로 힘없이 손을 내려놓았다. 시선은, 한때의 열정과 찬란함이 켜켜이 쌓여 이제는 폐허가 된 발아래 풍경을 곧게 응시하고 있었다. 그러나 그녀의 작은 옆모습엔 아무런 표정도 비치지 않았다. 마침내 그녀가 입을 열었다.

"네가 바버라를 과대평가하는 것 같은데."

슬레이드 부인은 말투를 조금 누그러뜨렸다.

"아냐. 난 진심으로 바버라를 높이 평가해. 그리고 너한테 질투도 좀 나고. 물론 제니도 완벽한 딸이지. 내가 평생 병상에 눕게 된다면, 글쎄…… 제니의 보살핌을 받는 게 더 낫지. 분명 그럴 때가 있겠지. 하지만, 그건 그거고! 난 늘 반짝반짝 빛나는 딸을 원했는데, 왜 대신 천사를 얻었는지 도무지 알 수가 없어."

앤슬리 부인이 친구를 따라 웃으며 조용히 중얼거렸다.

"바버라도 천사야."

"물론, 물론이지! 하지만 무지갯빛 날개를 달았잖아. 하아…… 저 애들은 젊은 청년들과 바닷가를 거닐고 있고, 우린 여기 이렇게 앉아 있네. 이 모든 게 지난날을 너무 선명하게 떠오르게 해."

앤슬리 부인은 다시 뜨개질을 시작했다. 슬레이드 부인의 생각에, 만약 누군가가 그레이스를 잘 모른다면, 저 위엄 있는 유적이 길게 드리운 그림자가 그녀에게도 수많은 기억을 불러일으킨다고 짐작했을 것이다. 그러나 실제로 앤슬리 부인은 그냥 뜨개질에만 온전히 집중하고 있을 뿐이었다. 그녀가 걱정할 일이 뭐가 있겠는가! 그레이스는 바버라가 거의 틀림없이 캄폴리에리 가문의 최고의 신랑감과 약혼해 돌아올 것을 알고 있다.

'그러면 뉴욕의 집을 팔고 로마에 있는 딸네 집 근처에 정착하겠지. 절대 딸이나 사위를 간섭하지 않을 거야. 눈치 빠른 그레이스가 그럴 리

없지. 그래도 훌륭한 요리사를 두고, 브리지 게임을 하거나 칵테일을 함께 즐길 수 있는 사람들을 곁에 둘 거야. 그리고 손주들 사이에서 완벽하게 평화로운 노후를 보내겠지.'

슬레이드 부인은 스스로에게 혐오감을 느끼며 이 미래에 대한 상상의 나래를 멈추었다. 자기에게는, 특히 그레이스 앤슬리에 대해 나쁘게 생각할 권리가 전혀 없었다. 그녀는 과연 질투심에서 벗어날 수 있을까? 어쩌면 이 질투심은 너무 오래전부터 시작되었는지도 모른다. 슬레이드 부인은 몸을 일으켜 난간에 기대며 불편한 마음을 평온한 황혼의 마법으로 채우려 했다. 하지만 진정되기는커녕 오히려 그 광경에 화가 치밀어 올랐다. 시선을 콜로세움으로 돌렸다. 황금빛 측면은 이미 보랏빛 그림자에 잠겼고, 그 위 하늘은 빛도 색도 없이 맑고 투명하게 곡선을 이루고 있었다. 바로 오후와 저녁이 중천에서 균형을 맞추는 순간이었다.

슬레이드 부인이 뒤로 돌아 친구의 팔에 손을 얹었다. 그 몸짓이 너무 급작스러워, 앤슬리 부인이 놀라서 그녀를 올려보았다.

"해가 졌어. 무섭지 않니?"

"무섭다니?"

"로마 열병이나 폐렴 같은 거 말이야. 네가 그 겨울에 얼마나 아팠는지 기억나. 어렸을 때 너 기관지가 약했잖아, 그렇지?"

"아, 여기 위에선 괜찮아. 저 아래 포럼은 해가 지면 갑자기 서늘해지지만, 여긴 괜찮아."

"그렇구나. 넌 옛날부터 조심했어야 하니까 당연히 잘 알고 있겠지."

슬레이드 부인은 다시 난간으로 몸을 돌리고 생각했다.

'저 친구를 미워하지 않도록 한 번만 더 노력해 보자.'

그리고는 소리 내어 말했다.

"여기 위에서 포럼을 바라볼 때마다 늘 너의

고모할머니 이야기가 떠올라. 고모할머니 맞지? 끔찍하게 악명 높았던 할머니."

"맞아, 해리엇 할머니. 해가 진 후에 여동생을 포럼으로 내보내서 자기 앨범에 꽂을 '밤에 피는 꽃'을 꺾어 오라고 했다는 분이지. 우리 할머니 세대는 모두 말린 꽃을 모아놓는 앨범을 가지고 계셨거든."

슬레이드 부인이 고개를 끄덕였다.

"사실은 둘이 같은 남자를 사랑해서 동생을 밖으로 내보냈다고 했지?"

"집안에서 전해 내려오는 이야기로는 그래. 몇 년이 지난 후 해리엇 할머니가 고백했대. 어쨌든 그 불쌍한 여동생은 열병에 걸려 죽었거든. 어머니는 우리가 어릴 때 그 얘기로 우릴 겁주곤 했지."

"그리고 우리가 아직 처녀였을 때 어느 해 겨울 여기 로마에 왔을 때 넌 그 이야기로 나를 겁줬잖아. 내가 델핀과 약혼했던 겨울 말이야."

앤슬리 부인이 희미하게 웃었다.

"내가 그랬다고? 정말 너한테 겁을 줬어? 넌 쉽게 겁먹지 않잖아."

"자주는 아니지. 하지만 그때는 그랬어. 너무 행복해서 불안했던 것 같아. 그런 기분, 넌 이해하니?"

"난…… 그래, 이해해."

앤슬리 부인이 더듬거렸다.

"그래서 못된 너의 고모할머니 얘기가 더 인상 깊었나 봐. 난 이렇게 생각했지. '이제 로마 열병은 없지만, 해가 지고 나면 포럼은 죽을 만큼 춥다, 특히 낮이 뜨거웠던 날에는. 그리고 콜로세움은 더 춥고 눅눅하다.'"

"콜로세움이라니?"

"그래. 밤에 출입문이 잠기고 나면 그곳에 들어가는 게 쉽지 않았지. 그래도 그 시절엔 어떻게든 들어갈 수 있었어. 자주 그랬지. 따로 만날 곳이 없었던 연인들이 거기서 만났으니까. 그거 알고 있었어?"

"내가…… 아마도 알고 있었나……? 기억이 잘 안 나."

"기억이 안 난다고? 네가 어느 날 밤 어두워진 후에 유적지인지 어딘지 갔다가 심하게 감기 걸렸던 거 기억 안 나? 너는 달이 뜨는 걸 보러 갔다고 말했는데, 사람들은 네가 그날 밖에 나갔기 때문에 병이 났다고들 했어."

잠시 정적이 흘렀다. 그러고는 앤슬리 부인이 대답했다.

"사람들이 그렇게 말했었니? 너무 오래전 일이네."

"응. 그리고 넌 다시 건강을 회복했으니 큰일은 아니었지. 하지만 친구들은 네가 병이 난 이유에 대해 의아하게 생각했어. 무슨 말이냐면, 너는 기관지가 약해서 항상 조심했고 어머님도 특별히 신경 쓰셨는데, 그 밤에 늦게까지 밖에 있었다는 거잖아."

"응, 그랬나 보지. 아무리 조심성 있는 사람도 항상 그런 건 아니니까. 그런데 갑자기 왜 그게 생각난 거야?"

슬레이드 부인은 잠시 말문이 막힌 듯하더니, 마침내 울컥 쏟아냈다.

"더는 못 참겠으니까!"

앤슬리 부인이 휙 고개를 들었다. 그녀의 눈은 크고 창백했다.

"못 참겠다니, 뭘?"

"왜…… 나는 처음부터 그날 밤 네가 거기 왜 갔는지 알고 있는데, 너는 내가 알고 있는 걸 모르잖아."

"내가 왜 갔는지……?"

"그래. 지금 내가 거짓말한다고 생각하지, 그렇지? 하지만 넌 내 약혼자를 만나러 갔던 거잖아. 너를 나가게 만든 그 편지 내용을 나는 토씨 하나 빼지 않고 다 말할 수 있어."

슬레이드 부인이 말하는 동안 앤슬리 부인은

비틀거리며 자리에서 일어났다. 핸드백과 뜨개질 거리, 장갑이 와르르 바닥으로 쏟아져 뒤엉켰다. 그녀는 마치 유령이라도 보는 듯 슬레이드 부인을 바라보았다.

"안 돼⋯⋯. 그러지 마⋯⋯."

그녀가 힘겹게 말했다.

"왜 안 되는데? 못 믿겠으면 들어봐. '내 유일한 사랑, 더 이상 이렇게 지낼 수 없어요. 당신과 둘이서만 만나야겠어요. 내일 해가 지자마자 콜로세움으로 와요. 당신을 들여보낼 사람이 기다리고 있을 거예요. 그리고 당신이 두려워하는 사람은 이 일을 눈치채지 못할 겁니다.' 혹시 이렇게 쓴 편지 내용 기억 안 나?"

앤슬리 부인은 그러한 도전에 의외로 평정심을 잃지 않았다. 의자에 몸을 기댄 채 흔들림 없이 친구를 바라보며 대답했다.

"아니. 나도 그 편지를 다 외우고 있어."

"그리고 서명이 있었지. '당신만의 D.S.' 내가

맞지? 너를 그 밤에 밖으로 나가게 했던 게 그 편지잖아."

앤슬리 부인은 여전히 친구를 바라보았다. 슬레이드 부인에게는 그레이스 앤슬리의 작고 고요한 얼굴이, 뒤에서 천천히 일렁이는 갈등을 숨긴 채 억지로 지어내는 가면으로 보였다.

'그레이스가 이렇게나 자제력이 좋을 줄은 몰랐어.'

슬레이드 부인은 거의 원망하듯 이렇게 생각했다.

그 순간 앤슬리 부인이 입을 열었다.

"네가 어떻게 알았는지 모르겠어. 난 곧바로 그 편지를 태워버렸는데."

"그래, 당연히 그랬겠지. 넌 항상 조심스러우니까!"

이젠 노골적으로 비웃음을 드러냈다.

"네가 편지를 태웠는데 내가 어떻게 그 내용을 알 수 있는지가 궁금한 거 아냐. 그렇지?"

슬레이드 부인이 말을 멈추고 기다렸다. 그러나 앤슬리 부인이 아무 말도 하지 않자 다시 입을 뗐다.

"친구야, 그 편지를 내가 썼으니까 내용을 아는 거지!"

"네가…… 썼다고?"

"그래."

두 여인은 마지막 황금빛 햇살 속에서 잠시 서로를 응시하며 서 있었다. 그러다 앤슬리 부인이 의자에 털썩 주저앉았다.

"아……"

그녀는 손으로 얼굴을 감싸며 웅얼거렸.

슬레이드 부인은 친구의 다음 말이나 행동을 초조하게 기다렸다. 그러나 아무런 반응이 없었다. 슬레이드 부인이 마침내 불쑥 내뱉었다.

"내가 너무 놀라게 했나?"

앤슬리 부인이 두 손을 무릎 위로 떨어뜨리자 드러난 얼굴은 눈물이 얼룩져 있었다.

"너 때문이 아니야. 내가 생각한 건…… 그것이 그이에게서 받은 유일한 편지였다는 거야!"

"그걸 내가 썼다니까. 그래, 내가 썼다고! 하지만 그 사람의 약혼녀는 나였어. 혹시 그걸 생각하기는 했니?"

앤슬리 부인이 다시 고개를 떨구었다.

"변명할 생각은 없어…… 그래. 생각했지."

"그런데도 갔던 거야?"

"응. 갔어."

슬레이드 부인은 옆에 웅크려 앉은 친구의 왜소한 모습을 내려다보았다. 분노의 불꽃은 이미 사그라들었고, 이제는 아무 이유 없이 친구의 상처를 건드리는 일이 왜 만족스러우리라 생각했는지 의아할 뿐이었다. 하지만 그녀는 자신을 정당화해야 했다.

"이해하지? 내가 알아버렸고…… 네가 밉고 또 미웠어. 네가 델핀을 사랑하는 걸 알았거든. 그래서 두려웠어. 너를, 네 조용한 성격을, 너의 다정함을, 너의 그…… 어쨌든 난 네가 끼어들지 않기를 바랐어. 그게 다야. 그저 몇 주만, 내가 그 사람의 마음을 확신할 때까지만 말이야. 그래서 분노로 눈이 멀어 그 편지를 썼어. 내가 지금 왜 너한테 이 이야기를 하는지 모르겠지만."

"아마도……"

앤슬리 부인이 천천히 말했다.

"항상 나를 미워해 왔기 때문이겠지."

"그럴지도 모르지. 아니면 그냥 이 모든 걸 마음에서 털어내고 싶었던 건지도 모르고."

그녀는 잠시 말을 멈췄다가 덧붙였다.

"네가 편지를 없애서 다행이야. 물론, 네가 죽을 거라고는 절대 생각하지 않았어."

앤슬리 부인이 다시 침묵에 잠겼고, 그녀를 내려다보는 슬레이드 부인은 이상한 고립감을 느꼈다. 따뜻한 인간적 교류의 흐름이 끊겨버린 듯했다.

"넌 나를 괴물이라고 생각하겠지!"

"모르겠어……. 내겐 그게 유일하게 받은 편지였는데, 넌 지금 그이가 쓴 게 아니라고 말하는 거잖아."

"아, 넌 아직도 그이를 좋아하는구나!"

"그 추억을 소중하게 생각해."

앤슬리 부인이 대답했다.

슬레이드 부인은 계속 그녀를 내려다보았다. 충격으로 인해 친구의 몸이 더 작아진 듯 보였다. 일어서면 한 줌 먼지처럼 바람에 날아갈 것 같았다. 그 모습에 슬레이드 부인의 질투심이 다시 치솟았다. 이 여자는 긴 세월 동안 그 편지 하나로 살아온 것이다. 그를 얼마나 사랑했으면, 그저 재가 되어 남은 기억을 보물처럼 간직하고 살았을까! 자기 친구의 약혼자가 보낸 편지를 말이다. 그렇다면, 괴물은, 오히려 그레이스 그녀가 아니었을까?

"너는 어떻게든 그를 내게서 떼어놓으려고 애썼지, 그렇지? 하지만 실패했어. 내가 그를 가졌으니까. 그게 전부야."

"그래. 그게 전부지."

"이 얘기를 꺼낸 게 이제 후회되네. 네가 이렇게 받아들일 줄 몰랐거든. 그저 웃어넘길 줄 알았어. 네가 말했듯이 아주 옛날 일이잖아. 그 일을 진지하게 받아들일 거로 생각할 이유가 눈곱만치도 없었다는 점은 인정해 줘. 어떻게 그렇게 생각할 수 있었겠어? 넌 그 후 두 달 만에 호러스 앤슬리와 결혼했는데. 네가 병상에서 일어나자마자, 어머니가 너를 피렌체로 데려가서 결혼시켰잖아. 사람들은 꽤 놀라서 그렇게 서두른 걸 의아해했지만, 난 알 거 같았어. 내가 보기엔, 넌 자존심 때문에 그런 거야. 델핀과 나를 앞질러 결혼하려고. 어릴 때는 그렇게 어리석은 이유로 엄청나게 중요한 일들을 결정하곤 하잖아. 그리고 네가 그렇게 빨리 결혼한 걸 보고, 난 네가 정말로 델핀을 사랑한 적이 없다고 확신했어."

"그럴 수도 있었겠네."

앤슬리 부인이 수긍했다.

머리 위 맑은 하늘에서 황금빛이 사라졌다. 그 위로 땅거미가 내려앉으며 갑작스레 일곱 언덕[4]이 어둠에 잠겼다. 발아래 나뭇잎 사이로 여기저기 불빛이 깜빡이기 시작했다. 한산했던 테라스에 사람들이 오가는 발자국 소리가 들리자, 계단 위 출입구에서 웨이터들이 고개를 내밀었다가 쟁반과 냅킨, 포도주병을 들고 다시 나타났다. 테이블이 옮겨지고, 의자가 정돈되었다. 빈약한 줄에 매달린 전구들이 희미하게 깜빡였다. 그때 바람막이 외투를 걸친 몸집이 큰 여성이 갑자기 나타나, 자기의 낡은 여행안내 책자를 묶었던 고무줄을 봤는지 서툰 이탈리아어로 물었다. 그녀는 웨이터들의 도움을 받아, 점심을 먹었던 테이블 밑을 막대기로 헤집었다.

슬레이드 부인과 앤슬리 부인이 앉아 있는 구

---

4 고대 로마 도시가 처음 형성된 지역으로, 팔라티노를 포함하여 테베레강 동쪽에 있는 일곱 개의 언덕.

석은 여전히 어둑하고 사람이 없었다. 오랫동안 두 사람은 말이 없었다. 마침내 슬레이드 부인이 다시 말문을 열었다.

"내가 그랬던 건…… 일종의 장난이었어."

"장난이라고?"

"너도 알겠지만, 여자애들이 가끔 표독해지잖아. 특히 사랑에 빠지면. 그날 밤 네가 어둠 속에서 숨어 기다리면서, 작은 소리에도 귀를 기울이고 어떻게든 들어가려고 애쓰고 있을 거라는 생각에 내가 저녁 내내 혼자 웃었던 게 생각나. 물론 네가 그렇게 아팠다는 소식을 나중에 듣고는 마음이 무거웠지만."

앤슬리 부인은 오랫동안 꼼짝도 하지 않았다. 그러다 천천히 몸을 돌려 친구를 바라보며 말했다.

"하지만 난 기다릴 필요가 없었어. 그 사람이 모든 걸 준비해 놓았거든. 그가 거기로 왔고, 우린 곧장 안으로 들어갔어."

슬레이드 부인이 기대고 있던 자리에서 벌떡 일어섰다.

"델핀이 거기 왔다고? 너희 둘을 들여보내 줬다고? 하, 이젠 그런 거짓말까지 하는구나!"

슬레이드 부인이 격앙되어 소리쳤다.

앤슬리 부인은 더욱 또렷한 목소리로, 친구의 반응이 뜻밖인 듯 놀라서 말했다.

"물론 그가 거기 있었어. 당연히 왔지."

"왔다고? 네가 거기에 있는지 어떻게 알고서? 말도 안 되는 소리 하지 마!"

앤슬리 부인은 곰곰이 생각하는 듯 머뭇거리다가 말했다.

"내가 편지에 답장했으니까. 거기 있겠다고 알려줬거든. 그래서 그 사람이 왔어."

슬레이드 부인은 얼굴을 두 손으로 감쌌다.

"오, 세상에…… 네가 답장을 했다고! 네가 답장을 쓸 거라곤 생각도 못 했어……."

"네가 편지를 썼다면서 답장 생각을 못 했다

니 이상하네."

"그래. 내가 분노에 눈이 멀었었지."

앤슬리 부인이 자리에서 일어나 모피 스카프를 둘렀다.

"이제 여기 있기가 춥네. 우리 이만 가는 게 좋겠어……. 그리고 네가 좀 안됐다는 생각이 들어."

목둘레에 모피를 바짝 여미며 그녀가 말했다.

뜻밖의 말이 슬레이드 부인의 가슴을 찌르듯 파고들었다.

"그래, 이제 가야지."

그녀는 가방과 외투를 챙기며 중얼거렸다.

"근데 왜 내가 안됐다는지 모르겠네."

앤슬리 부인은 친구에게서 눈길을 돌려, 어스레한 콜로세움의 거대한 실루엣을 바라보았다.

"글쎄…… 내가 그날 밤 기다릴 필요가 없었기 때문이지."

슬레이드 부인은 편치 않은 웃음을 흘렸다.

"그래, 그땐 내가 졌다고 치자. 하지만 그거 때문에 너를 시샘해서는 안 되지. 이렇게 긴 세월이 지났는데 말이야. 어쨌든 내가 모든 걸 가졌잖아? 난 델핀이랑 25년을 같이 살았고, 넌 그가 쓰지도 않은 편지 한 장 이외에는 아무것도 없으니까."

앤슬리 부인은 다시 아무 말이 없었다. 한참 뒤 그녀는 테라스의 출구 쪽으로 걸음을 떼었다. 그리고 몸을 돌려 친구를 마주 보았다.

"내겐 바버라가 남았지."

그렇게 말한 뒤 그녀는 슬레이드 부인을 앞질러 계단 쪽으로 발걸음을 옮기기 시작했다.

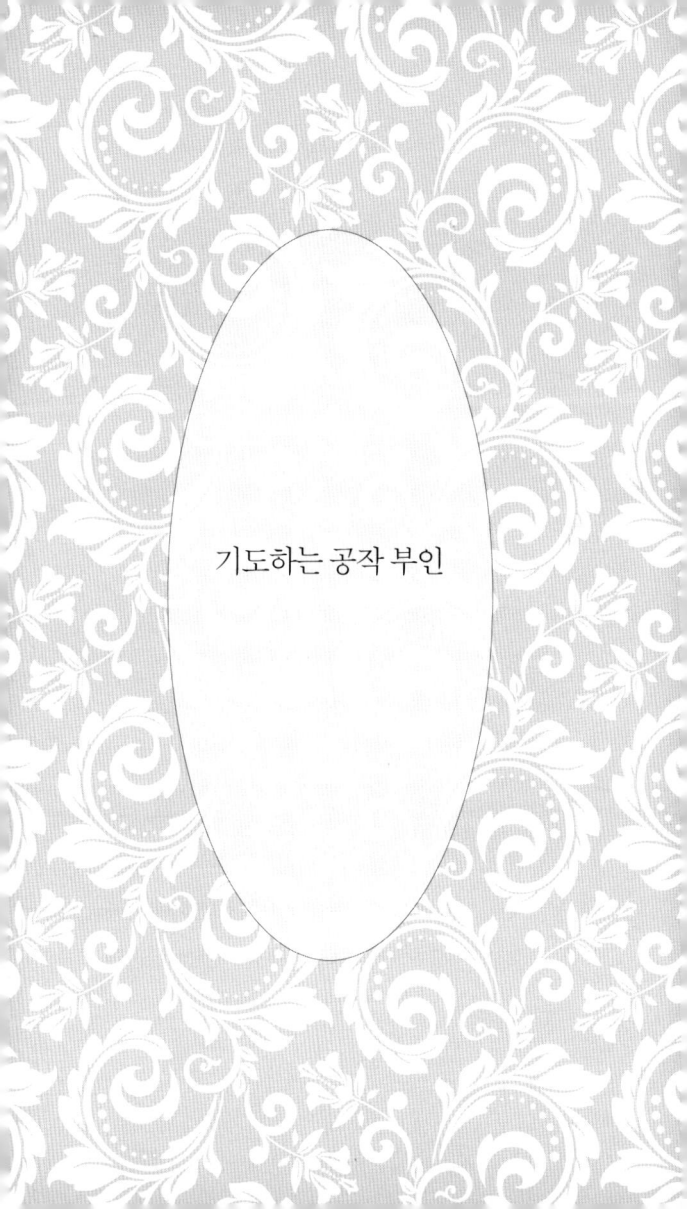

기도하는 공작 부인

1

 오래된 이탈리아 저택의 정면, 표정 없는 가면처럼 줄지어 닫혀 있는 긴 덧문을 보며 그 안이 궁금한 적이 없는가? 그것은 은밀한 속삭임이 오고 가는 고해실 뒤편에 앉은 사제의 얼굴 같다. 단정하고 말이 없으며, 속을 알 수 없는 모습이다. 다른 집들은 안에서 일어나는 움직임을 그대로 드러낸다. 얇은 표피처럼, 표면 가까이에서 흐르는 삶의 기운을 투명하고 생생하게 비춰낸다. 그러나 좁은 골목 안 오래된 궁전 같은 저

대저택, 사이프러스 나무가 우거진 언덕 위의 저택은 마치 죽음과 같아 뚫을 수가 없다. 키 큰 창들은 멀어버린 눈 같고, 웅장한 정문은 굳게 닫은 입 같다. 어쩌면 그 안에는 햇살이 비치고, 은매화 향기가 흐르며, 거대한 건물 뼈대를 따라 생명이 박동하고 있는지 모른다. 아니면, 벌어진 돌벽 틈새에 박쥐들이 웅크리고 있고, 사용한 지 오래된 문고리에 꽂힌 열쇠들은 녹슬어 죽음 같은 적막만이 자리 잡고 있을 수도 있다.

2

 빛바랜 프레스코 벽화가 남아 있는 로지아[1]에서 나는 사이프러스 나무의 그림자가 사다리처럼 드리운 길을 내려다보았다. 그 길 끝 정문에는 공작 가문의 문장이 그려진 방패와 부서진 돌 화병들이 보였다. 고요한 정오의 햇살이 정원과 분수, 회랑과 인공 동굴 위에 내려앉아 있었다. 테라스 난간에는 녹청색 이끼가 박을 입힌 듯 얇

---

[1] 한쪽 또는 그 이상의 면이 트여 있는 방이나 복도. 특히 주택에서 거실 등의 한쪽 면이 정원으로 연결되도록 트여 있는 형태.

게 덮여 있고, 그 아래로 포도밭이 구릉으로 둘러싸인 기름진 골짜기를 향해 비스듬히 펼쳐졌다. 언덕 기슭에 자리한 마을이 여름날 땅거미 속에서 반짝이는 별처럼 하얗게 흩어져 있고, 그 너머로 겹겹이 포개진 푸른 숲이 하늘 아래 펼쳐놓은 비단 거즈처럼 투명하게 드리워져 있었다. 8월의 공기는 생기 없이 무거웠다. 그러나 내가 방금 안내받아 지나온 어둑하고 천으로 뒤덮인 방의 공기와 견주니 오히려 가볍고 생기가 느껴졌다. 아직도 그 방들에 가득했던 냉기가 몸에 배어 있었기에, 나는 햇살을 온몸으로 받아들였다.

"공작 부인의 방은 저쪽에 있습니다."
노인이 말했다.
그는 내가 지금껏 본 사람 중 가장 나이가 많았다. 너무 먼 과거로 빨려 들어가 있는 듯, 살아 있는 존재라기보다 차라리 하나의 기억처럼 보였다. 그 노인을 실재하는 세계와 연결해주는 유일한 징표는, 내가 들어올 때 문지기의 아이에게 리라 한 닢을 꺼내주었던 주머니를 집요하게 바라보는 그의 파충류 같은 작은 눈빛뿐이었다. 그는 주머니에서 시선을 떼지 않은 채 말을 이었다.

"2백 년 동안 공작 부인의 방은 단 하나도 바뀐 것이 없습니다."

"그럼 지금은 아무도 살지 않습니까?"

"아무도 살지 않습니다, 손님. 공작님은 여름에는 코모호[2]로 가십니다."

나는 로지아의 다른 쪽 끝으로 자리를 옮겼다. 그 아래 드리운 숲 사이로 흰 지붕들과 돔이 미소처럼 반짝였다.

"그럼, 저기가 비첸차[3]입니까?"

"맞습니다!"

노인은 우리 뒤쪽 희미해진 벽화 속 손처럼 앙상한 손가락을 쭉 뻗었다.

---

2 Lake Como: 이탈리아 롬바르디아에 있는 빙하호.
3 Vicenza: 이탈리아 북부 베네토주에 있는 도시.

"저기, 바실리카 왼편으로 보이는 궁전의 지붕이 보이십니까? 날아오르는 새처럼 생긴 조각상이 줄지어 선 저 집이요. 바로 공작의 시내 궁전이지요. 팔라디오[4]가 지은 건물입니다."

"그러면 공작이 저기로 오나요?"

"절대 오지 않아요. 겨울에는 늘 로마로 떠나십니다."

"그럼 저 궁전과 이 저택은 항상 닫혀 있겠군요?"

"보시다시피…… 늘 그렇습니다."

"언제부터 그렇게 된 건가요?"

"제가 기억하는 한 줄곧 그랬어요."

나는 그의 눈을 들여다보았다. 아무것도 비추지 못하는 빛바랜 금속 거울 같았다.

"그렇다면 참으로 긴 세월이겠군요."

나도 모르게 중얼거렸다.

---

4 Andrea Palladio(1508~1580): 베네치아 공화국의 건축가.

"긴 세월이지요."

노인이 조용히 맞장구쳤다.

나는 정원을 내려다보았다. 사이프러스 나무들이 현무암 기둥처럼 햇살을 가르며 서 있었고 그 사이로 만개한 달리아꽃들이 잘 다듬어진 회양목 울타리를 넘어 흐드러지게 피어 있었다. 라벤더 위에는 벌들이 맴돌고 긴 의자 위에서 햇볕을 쬐던 도마뱀들이 마른 수반의 갈라진 틈으로 미끄러져 들어갔다. 멋없고 무미건조한 우리 시대가 잃어버린 그 환상적인 원예술의 흔적이 곳곳에 남아 있었다. 회랑을 따라 훼손된 조각상들이 팔을 뻗으며 구걸하는 걸인들처럼 줄지어 서 있고, 반인반수 모양의 괴석 조형물이 덤불 속에서 비웃듯 이빨을 드러냈다. 월계화 담장 너머에는 일부러 폐허처럼 꾸민 신전이 형체조차 녹여내는 눈부신 공기 속에서 진짜 폐허로 무너져 내리고 있었다. 햇빛이 너무 강해 눈을 뜰 수 없었다.

"안으로 들어갈까요?"

내가 말했다.

노인이 육중한 문을 밀자, 그 뒤에 숨어 있던 칼날 같은 섬뜩한 냉기가 느껴졌다.

"공작 부인의 방입니다."

방 역시 천장과 사면이 희미해진 프레스코 벽화로 덮여 있었다. 인조대리석이 깔린 바닥에는 소용돌이무늬가 끝없이 이어졌다. 값비싼 대리석 기둥 장식이 정교하게 어우러진 흑단 장식장들과 빛바랜 금빛 콘솔들이 번갈아 늘어서 있었고 콘솔 위에는 기이한 중국풍 조각상들이 놓여 있었다. 벽난로 위에 걸린 그림 속 스페인식 복장을 한 남자가 우리를 무시하듯 거만하게 내려다보았다.

"에르꼴레 공작 2세입니다."

노인이 설명했다.

"제노바의 사제[5]가 그렸지요."

---

[5] Bernardo Strozzi(1581~1644): 이탈리아 바로크 시대의 화가이자 판화가로 베네치아에서 '제노바의 사제'로 알려졌다. 오랫동안 제노바에서 활동하다가 이후 베네치아로 옮겨 갔다.

그림의 얼굴은 이마가 좁고 밀랍 인형처럼 혈색이 없으며, 높은 콧날과 경계하듯 가늘게 뜬 눈을 지니고 있었다. 마치 성직자가 근엄하게 조각해낸 듯한 모습이었다. 입술은 잔혹하다기보다는 연약하고 허영심이 가득해 보였다. 입은 불만이 가득해 보여서, 다른 사람의 말실수는 도마뱀이 파리를 낚아채듯 물고 늘어지지만, 정작 자신은 "예"나 "아니오"라는 확실한 대답을 한 번도 내놓은 적이 없을 것 같았다. 공작은 한 손을 난쟁이의 머리 위에 얹고 있었는데, 그 난쟁이는 원숭이를 닮은 생김새에 진주 귀걸이를 달고 화려한 옷차림을 하고 있었다. 공작의 다른 손은 해골 위에 받쳐 놓은 커다란 책의 책장을 넘기고 있었다.

"뒤에는 공작 부인의 침실이 있어요."

노인이 알려주었다.

공작 부인의 방은 닫아놓은 덧문 틈으로 두 줄기 가느다란 빛만이 들어오고 있었다. 금빛 막대와 같은 그 빛줄기가 물속 같은 어둠을 오히려 더 깊게 만들었다. 바닥을 조금 높인 단 위에 놓인, 캐노피가 처진 격식을 차린 부부용 침대에는 음울한 기운이 감돌았다. 커튼 사이로 누렇게 바랜 그리스도의 고통스러운 모습이 보였고, 방 건너편 벽난로 위 아궁이 위에서는 한 귀부인이 우리를 향해 미소 짓고 있었다.

노인이 덧문을 하나 열자 빛살이 쏟아져 들어와 그녀의 얼굴에 가닿았다. 그 얼굴이란! 6월 초원의 바람결처럼 미소가 살짝 스치고, 표정에는 보기 드문 다정함과 유연함이 배어 있었다. 마치 티에폴로[6]가 그렸던 자애로운 여신 중 하나가 17세기의 딱딱한 드레스 속에 억지로 넣어진 듯한 모습이었다.

"비올란테 공작 부인 이후로는 이 방을 사용했던 사람이 아무도 없습니다."

---

6 Giovanni Battista Tiepolo(1696~1770): 베네치아 출신의 이탈리아 화가.

노인이 말했다.

"그분이 바로······?"

"맞습니다. 저분입니다, 에르꼴레 공작 2세의 첫 번째 부인이시지요."

노인은 열쇠를 꺼내 방 저편 끝의 문을 열었다.

"여기가 예배실입니다. 저쪽이 공작 부인의 기도석이지요."

내가 그를 따라 몸을 돌리는 순간, 그림 속 공작 부인이 내게 곁눈질로 미소를 보냈다.

나는 난간이 있는 기도석으로 들어섰다. 기도석은 스투코[7] 마감으로 치장된 작은 예배실을 내려다보고 있었다. 예배실의 벽기둥 사이에는 역청 안료로 그린 성화가 곰팡이를 피우며 썩어가고 있었고, 제단 꽃병 속 인조 장미들은 오랜 세월 켜켜이 내려앉은 먼지로 인해 잿빛으로 변해 있었다. 꽃무늬가 수 놓인 아치형 천장도 거미줄

---

7 벽과 천장, 외벽의 장식용 마감재이며, 건축에서 조각적·예술적 재료로 사용되기도 한다.

투성이인 채로 새 둥지까지 자리 잡고 있었다. 제단 앞에는 해질 대로 해진 팔걸이의자들이 줄지어 놓여 있는데, 그 옆에 한 여인이 무릎을 꿇고 있는 형상이 보였다. 나는 흠칫 놀라 물러섰다.

"공작 부인입니다."

노인이 속삭였다.

"베르니니 기사[8]의 작품이지요."

모피 망토를 걸치고 목에 러프[9]를 두른 여인의 조각상이었다. 그녀는 두 손을 모아 올린 채, 성체를 모신 감실을 향해 얼굴을 들고 있었다. 더는 사용되지 않는 제단 앞에서 미동조차 없이 기도에 몰두하고 있는 그 존재는 섬뜩하기까지 했다. 아쉽게도 기도석에서는 조각상의 얼굴이 보이지 않았다. 살아 있는 사람은 아무도 함께 기도하지 않는 곳에서 제단을 향해 손을 들어 간

---

8 Gian Lorenzo Bernini(1598~1680): 바로크 시대의 조각가이자 건축가. 업적을 인정받아 기사 작위를 수여 받았다.
9 목 주위를 장식하는 주름진 옷깃.

절한 기도를 올리고 있는 그 얼굴이 슬픈 표정일지 감사의 표정일지 궁금했다. 안내인을 따라 기도석 계단을 내려가며, 나는 천재적인 예술가가 이 땅의 은총을 어떤 신비로운 형상으로 그려냈을지 확인하고 싶어 조바심이 났다. 베르니니는 그런 조형물의 대가였다.

공작 부인은 황홀경에 잠긴 듯했다. 천상에서 부는 바람결에 레이스가 하늘거리고 하얀 두건 밑으로 흘러내린 애교머리가 날리는 것 같았다. 천재 조각가는 갸웃하게 기울어진 그녀의 머리와 부드러운 곡선을 이루는 어깨선을 절묘하게 표현했다. 그러나 가까이 다가가 얼굴을 들여다보니…… 그것은 공포에 얼어붙어 있었다. 이토록 강렬한 증오와 반발, 그리고 고통이 담긴 얼굴은 처음이었다.

노인은 가슴에 성호를 그으며 대리석 바닥 위에서 발을 질질 끌며 움직였다.

"비올란테 공작 부인이십니다."

노인이 다시 한번 말했다.

"그림 속 사람과 같은 분인가요?"

"에…… 같은 분이에요."

"하지만 얼굴이…… 왜 저런 표정이지요?"

노인은 어깨를 으쓱하고, 내 말을 못 들은 척 외면했다. 그러고는 음침한 예배당을 휘익 훑고 난 뒤, 내 소매를 움켜쥐며 귀에 대고 속삭였다.

"처음부터 그렇지는 않았어요."

"뭐가 아니었다는 거지요?"

"저 얼굴…… 정말 끔찍하잖아요."

"공작 부인의 얼굴이요?"

"조각상의 얼굴 말이에요. 그 이후에 바뀌었어요."

"그 이후요?"

"조각상이 여기에 놓인 이후에요."

"조각상 얼굴이 *변했다고요*……?"

당혹스러워하는 나의 모습에 노인은 내가 자기를 믿지 못한다고 생각했는지, 나의 옷소매에서 손을 슬그머니 뗐다.

"뭐…… 그렇다는 거지요. 난 들은 대로 말할 뿐이에요. 제가 뭘 알겠어요?"

그는 다시 노쇠한 걸음으로 대리석 위를 느릿느릿 움직였다.

"여기는 오래 머물 곳이 아니에요. 아무도 오지 않죠. 너무 춥기도 하고요. 하지만 아까 손님이, '*난 전부 다 보고 싶다*'라고 말씀하셨잖아요?"

나는 주머니 속에 든 동전을 흔들며 짤그랑 소리를 냈다.

"그래요, 다 봐야겠어요······. 그리고 다 들어야겠어요. 그런데, 그 이야기를 누구한테서 들은 겁니까?"

노인의 손이 조심스레 내 옷소매를 다시 잡았다.

"직접 본 사람한테 들었지요, 신께 맹세해요!"

"그걸 본 사람이요?"

"제 할머니께 들었지요. 제가 나이가 아주 많다니까요."

"당신 할머니요? 할머니가 어떻게……?"

"공작 부인의 몸종이었거든요, 정말입니다."

"당신 할머니가요? 200년 전에요?"

"너무 옛날 같은가요? 세월은 하나님의 뜻이니까요. 내가 지금 나이가 아주 많은데, 내가 태어났을 때 할머니는 이미 많이 늙었었지요. 할머니가 세상을 떠날 즈음에는 기적의 검은 성모처럼 얼굴이 시커멓게 변해 있었고 숨결은 자물쇠 구멍을 스치는 바람처럼 휘파람 소리를 냈지요. 내가 어렸을 때 할머니가 그 이야기를 해줬어요. 할머니가 돌아가시던 해 어느 여름밤, 저기 저 정원 연못가 벤치에 앉아 들려줬어요. 정말이에요. 우리가 앉았던 벤치를 보여드릴 수도 있어요……."

3

 정오의 햇살이 정원에 무겁게 내려앉았다. 생생하게 살아 있는 뜨거운 숨결이 아닌, 생명을 다한 여름이 뱉어내는 퀴퀴한 날숨 같았다. 조각상들마저 임종의 자리를 지키는 이들처럼 꾸벅꾸벅 조는 듯했다. 갈라진 흙바닥 틈으로 도마뱀들이 섬광처럼 튀어나오고 월계화 담장 사이에 자리 잡은 벤치에는 푸른빛이 도는 파리 사체들이 흩어져 있었다. 우리 앞에 놓인 연못은 썩어가는 비밀을 덮고 있는 노란색 대리석 판처럼 보였다. 연못 건너편에서 내려다보는 저택은 죽은 이의 얼굴처럼 고요히 굳어 있었는데, 양옆에 늘어선 사이프러스 나무들이 마치 시신을 둘러싼 촛불 같았다.

4

 "…… 말도 안 된다고요? 제 어머니의 어머니가 공작 부인의 하녀였을 리가 없다고요? 제가 어떻게 알겠습니까? 여기서는 너무 오랫동안 아무 일도 일어나지 않아서, 아마 우리에겐 옛날 일들이 도시 사람들보다 더 가까이 느껴질 수도 있지요. 하지만 그렇다면, 할머니가 그 조각상에 대해 어떻게 알았겠어요? 말씀해 보세요, 손님! 맹세컨대 그건 할머니가 두 눈으로 똑똑히 보신 거예요. 그리고 그 일 이후로 할머니는 당신의 첫 아이를 품에 안기 전까지 다시는 웃지 못했다고 저에게 말씀하셨어요. 할머니는 정원사의 아들 안토니오와 결혼했거든요. 편지를 날라주던 그 청년이요……. 그런데, 제가 어디까지 얘기했지요? 아, 맞아요. 할머니는 공작 부인이 세상을 떠날 무렵 아직 어린 계집아이였지요. 공작 부인을 가장 가까이에서 모셨던 넨시아의 조카였는데, 공작 부인이 장난이 심하고 우스꽝스러운 노래들을 불러대서 곁에서 곤란을 겪곤 했답니다. 어쩌면, 할머니가 다른 사람들에게서 들은 이야기를 나중에 자신이 직접 본 것으로 착각했을지도 모른다고 생각하시나요? 사실 저 역시도 할머니가 들려준 많은 일이 마치 제 눈으로 본 듯 느껴질 때가 있습니다. 그러니 그런 문제를 글도 모르는 제가 감히 뭐라 단정할 수는 없겠지요. 여기는 이상한 곳이에요. 아무도 오지 않고, 아무것도 변하지 않으며, 옛 기억들이 정원 속 조각상들처럼 또렷하게 남아 있거든요…….

그 일은 공작 부부가 브렌타에서 돌아온 뒤 그 다음 여름에 시작되었지요. 아시겠지만, 에르꼴레 공작은 베네치아 출신의 귀부인을 아내로 맞았어요. 그때의 베네치아는 웃음과 음악이 물 위에 넘실대던 흥겨운 도시였다고 들었어요. 하루하루가 조류에 미끄러지는 곤돌라처럼 스르르 흘러갔다고 하지요. 자, 그래서 새신부를 즐겁게 해주려고 공작은 결혼 후 처음 맞는 가을에 그녀를 브렌타로 다시 데리고 갔습니다. 듣기로는, 공작 부인의 아버지가 그곳에 웅장한 궁전을 소유하고 있었는데, 정원이며 야외 구기장, 인공동굴과 정원 별채의 화려함은 그야말로 비길 데가 없었답니다. 수문에 매인 곤돌라들이 물결에 흔들리고, 마구간에는 금박을 입힌 마차들이 가득했으며, 극장은 배우들로 분주했다고 합니다, 주방과 살림방에는 요리사와 하인들이 가득 차서, 온종일 귀부인들에게 초콜릿을 대접했다고 하지요. 그 귀부인들은 가면을 쓰고, 화려한 드레스를 걸치고, 애완견과 흑인 시종, 그리고 아바테[10]들을 거느리고 다녔답니다. 아아, 제가 마치 거기 있었던 것처럼 생생하네요. 제 할머니의 이모 넨시아가 공작 부인과 동행했었는데, 그곳에서 돌아와서는 눈이 접시만큼 커져서, 여기 비첸차에서 자신을 흠모하던 청년들에게 그 해가 다 갈 때까지 말 한마디 건네지 않았답니다.

그곳에서 무슨 일이 있었는지는 모르겠습니다. 할머니도 끝내 제대로 알 수 없었다고 해요. 왜냐면 넨시아가 공작 부인 일이라면 물고기처럼 입을 다물었으니까요. 하지만 그들이 비첸차로 돌아왔을 때, 공작은 이 별장을 정돈하라고 명했고, 이듬해 봄에 부인을 이곳으로 데려와 홀로 남겨두었답니다. 할머니 말로는, 그때 공작 부인은 충분히 행복해 보였고, 측은히 여길 만

---

10 abate: 사제 서품을 받지 않은 하급 성직자를 뜻하는 이탈리아어에서 유래한 말로, 귀부인들의 문학적·사교적 동반자를 지칭.

한 모습은 아니었다고 합니다. 어쩌면 높고 화려하게 채색된 비첸차 궁전의 방에 갇혀 지내는 것보다 나았을지도 모르지요. 거기서는 신부들이 새를 노리는 고양이처럼 살금살금 드나들고, 공작은 늘 서재에 틀어박혀 학자들과 이야기를 나누었으니까요. 공작은 학자였어요. 그가 책을 든 모습으로 초상화에 그려져 있는 것을 보셨지요? 글을 읽을 줄 아는 사람들은 그 속에 온갖 놀라운 것들이 가득하다고들 합니다. 마치 산 너머 장터에 다녀온 이가 집에 돌아와선 늘, '그곳은 *당신들이* 평생 볼 수 없는 세상'이라고 자랑하듯이 말이지요.

그에 비해 공작 부인은 음악과 연극, 젊은 손님들과 어울리는 것을 무엇보다 좋아했어요. 공작은 과묵한 사람이었고 언제나 고개를 숙이고 발소리를 죽이며 걸었는데, 막 고해성사를 마치고 나온 사람처럼 보였답니다. 공작 부인이 키우는 작은 개가 공작의 발뒤꿈치를 향해 요란스레

짖으면, 그는 마치 벌떼 한가운데 선 사람처럼 놀라 펄쩍펄쩍 뛰었다지요. 그리고 부인이 웃음을 터뜨리면, 다이아몬드로 유리를 긋는 날카로운 소리를 들은 것처럼 몸을 움찔했다고 합니다. 그런데 공작 부인은 늘 큰 소리로 웃어댔고요.

이 저택으로 처음 이사했을 때 공작 부인은 정원을 꾸미는 데 열심이었어요. 인공 동굴을 설계하고, 과일나무들을 심고, 온갖 유쾌한 놀람거리를 계획했습니다. 느닷없이 물벼락을 맞게 하는 분수며, 동굴 속 은둔자, 덤불 속에서 뛰쳐나와 놀라게 하는 야만인으로 분장한 남자들이며…… 그녀는 집안을 가꾸는 이런 일들에 아주 세련된 감각을 지니고 있었지요. 하지만 얼마 지나지 않아 흥미를 잃고 말았습니다. 이야기할 상대라곤 하녀들이나 사제 한 명뿐이었는데, 그 사제도 재바르지 못하고 책에만 파묻혀 사는 사람이었답니다. 그래서 그녀는 비첸차에서 유랑 극단을 불러오고, 시장에서 야바위꾼과 점쟁이를 데려오고, 떠돌이 의사와 점성가, 갖가지 재주 부리는 동물들까지 불러 즐기곤 했습니다. 그래도 불쌍한 부인이 말동무를 그리워하는 것은 누구라도 알 수 있었지요. 그래서 그녀를 사랑하던 하녀들은 공작의 사촌인 아스카니오 기사가 골짜기 건너 포도밭 저택에 이사 왔을 때 무척 기뻐했습니다. 저기 보이시지요? 뽕나무들 사이에 있는 연홍색 집, 비둘기집과 빨간 지붕이 있는 집 말입니다.

아스카니오 기사는 '황금서'[11]에 이름을 올린, 베네치아의 유서 깊은 가문 사람이었습니다. 본래 집안에서는 아스카니오 기사를 성직자의 길을 가게 하려 했지만, 뭐랄까, 그는 기도보다 싸움을 우선으로 생각하는 사람이라, 만토바 공작의 용병 대장 휘하로 들어갔지요. 용병 대장 또한 베네치아의 이름있는 가문 출신이었지만 약

---

11 Libro d'Oro(Golden Book): 베네치아 공화국의 공식 귀족 명부.

간의 비리에 얽혀 있었다고 합니다. 어쨌거나, 아스카니오 기사가 다시 베네치아로 돌아왔는데, 제가 방금 말씀드린 그 인물과의 관계 탓인지 평판이 그리 좋지 않았습니다.

어떤 이들은 아스카니오 기사가 산타 크로체 수녀원에서 수녀를 유혹해 함께 달아나려 했다고도 전하나, 그건 확실히 알 수 없습니다. 다만 제 할머니가 분명히 말씀하시기를, 거기에 그의 적이 있었고 결국 십인회[12]가 이런저런 구실을 붙여 그를 비첸차로 추방했다고 합니다. 비첸차에서는, 공작이 친척을 외면할 수 없으니 당연히 체면상 잘 대접할 수밖에 없었지요. 그렇게 해서 아스카니오 기사가 처음으로 이 저택에 오게 된 겁니다.

아스카니오는 빼어난 청년이었어요. 마치 성 세바스티아누스를 옮겨놓은 듯 아름다웠고, 보

---

12 베네치아 공화국의 주요 통치 기구 중 하나.

기 드문 음악가였답니다. 그가 직접 만든 노래를 류트[13]에 맞춰 부르면 제 할머니는 마음이 녹아내리고 따뜻하게 데운 포도주처럼 노래가 온몸을 적셨다고 합니다. 또 누구에게나 살갑게 말을 건넸고, 언제나 세련된 프랑스식 옷을 입고 다녔으며, 콩밭의 풋향기처럼 달콤하고 싱그러운 냄새를 풍겼답니다. 그래서 저택 사람이라면 누구나 그를 반갑게 맞이했지요.

뭐, 공작 부인도 그분을 환대했던 것 같습니다. 젊은이들이 만나면 서로 이끌리고, 웃음이 웃음으로 번져가니까요. 둘은 제단 위의 한 쌍 촛대처럼 잘 어울렸습니다. 손님도 공작 부인의 초상화를 보셨지요? 그러나 할머니 말씀으로는, 그 그림은 실물에 비하면 장미에 잡초를 견주는 것 정도도 안 된다고 합니다. 실제로 아스카니오 기사는 시인답게, 노래 속에서 그녀를 고대의 온

---

13 기타와 연주법이 비슷한 초기 현악기.

갖 여신들에 비유하곤 했습니다. 물론, 여신들이 평범한 여인보다 훨씬 빼어났겠지만, 실제로 공작 부인 역시 그만큼 아름다웠나 봐요. 할머니 말을 믿자면, 공작 부인 옆에서 다른 여자들은 그저 프랑스풍으로 꾸민 커다란 인형 이상으로는 보이지 않았다고 합니다. 예수 승천제 날 광장에 내걸리는 인형들이요. 어쨌든 부인은 별난 장식이 없어도 스스로 빛나는 여인이었습니다. 어떤 옷을 입어도 새의 몸에 붙어 있는 깃털처럼 부인 몸에 꼭 어울렸고, 머리카락은 다른 사람들처럼 지붕에 올라가 햇볕을 쬐어 애써 만든 인위적 색이 아니었습니다. 그것은 부활절 미사 때 사제복에 수놓은 금실처럼 눈부시게 빛났지요. 피부는 고운 밀가루로 만든 빵보다 희었고, 입술은 잘 익은 무화과처럼 달콤했습니다.

그러니까 손님, 두 사람을 갈라놓는 건 꿀벌을 라벤더에서 떼어놓는 것만큼이나 불가능했습니다. 그들은 언제나 함께였어요. 함께 노래하고,

야외에서 갖가지 놀이와 게임을 하고, 정원을 거닐고, 새장에 들르고, 공작 부인의 재주 많은 개와 원숭이들을 쓰다듬어줬지요. 공작 부인은 망아지처럼 천진난만했는데, 늘 장난을 치고 깔깔거리며 동물들에게 광대 같은 옷을 입히거나 때로는 자신이 농부나 수녀로 변장하기도 했습니다. 언젠가 탁발(托鉢)하는 수녀로 꾸며 신부를 속였을 때의 모습을 보셔야 했는데요. 때로는 포도밭에서 일하는 청년과 아가씨들을 모아 함께 춤을 추고 통속적인 노래를 부르곤 했습니다. 아스카니오 기사도 이런 오락거리를 꾸미는 데 기발한 재주가 있어서, 두 사람이 놀이를 즐기기에는 하루가 모자랄 지경이었지요. 하지만 여름이 끝나갈 무렵, 공작 부인은 차츰 잠잠해져서 슬픈 음악만 듣고 싶어 했고, 둘은 정원 끝의 정자에 함께 앉아 있는 경우가 많아졌습니다.

어느 날 비첸차에서 금빛 마차를 몰고 돌아오던 공작이 바로 그곳에서 그들을 발견했습니다.

공작은 1년에 한두 번밖에 저택에 오지 않았는데, 할머니 말로는, 그날은 불쌍한 공작 부인에게 불운이 겹친 날이었답니다. 그녀가 하필이면 어깨를 드러내는 베네치아식 복장을 하고 있었으니, 그건 공작이 늘 눈살을 찌푸리던 차림이었고, 게다가 곱슬곱슬한 머리카락을 늘어뜨려 금가루까지 뿌렸으니까요. 어쨌든, 세 사람은 정자에서 함께 초콜릿을 마셨습니다. 그 뒤에 무슨 일이 있었는지는 아무도 모르지요. 다만 작별할 때 공작이 사촌을 마차에 태우고 갔고, 아스카니오 기사가 다시는 돌아오지 않았다고 합니다.

겨울이 다가오고 가엾은 부인이 다시 홀로 남게 되자, 하녀들은 그녀가 더욱 우울해질 거라 짐작했지요. 그러나 뜻밖에도 그녀는 쾌활하고 마음의 평정을 잃지 않았답니다. 적어도 제 할머니는, 계곡 건너편 저택에서 애간장을 태우고 있을 젊은 기사를 조금도 신경 쓰지 않는 부인이 야속하게 느껴질 정도였다고 합니다. 공작 부인이 금실 장식의 화려한 드레스를 벗고 머리에 베일을 쓰기 시작한 건 사실입니다. 그러나 넨시아가 보기에 그 변화 덕에 부인이 오히려 더 아름다워 보였고, 그래서 공작은 더욱 불쾌해했다지요. 확실히 공작은 저택을 더 자주 찾았습니다. 그는 부인이 수를 놓거나 음악을 즐기거나 젊은 하녀들과 놀이를 하는 등 언제나 순수한 소일거리에 열중하고 있는 걸 보곤 했으나, 떠날 때는 늘 시무룩한 얼굴로 사제에게 *귓속말*을 남기고 돌아갔지요.

사제 얘기가 나와서 하는 말입니다만, 할머니 말씀이, 언젠가 부인이 그를 요령 있게 다루지 못한 적이 있었다는군요. 넨시아에 따르면, 치즈에 둘러싸인 쥐처럼 도서관에 파묻혀 살던 그 거룩하신 양반은 공작 부인을 찾아오는 적이 좀처럼 없었는데, 어느 날 대담하게 부인께 와서 돈을 청했다는 겁니다. 그것도 큰돈을요. 외국에서 온 떠돌이 책장사가 가져온 커다란 책궤 속의 장

서들을 사고 싶다는 것이었지요. 그 말을 듣고는, 책이라면 질색을 하던 공작 부인은 웃음을 터뜨리며 예전의 호기로운 기개로 그에게 대꾸했답니다.

'오, 성모 마리아시여, 책이 또 있어야 합니까? 결혼 첫해에 저는 책 때문에 거의 질식할 뻔했는데요!'

그 모욕을 듣고 신부가 얼굴을 붉히자, 부인은 덧붙여 말했습니다.

'친애하는 신부님, 돈을 구할 수 있다면 기꺼이 사시지요. 하지만 저는 터키석 목걸이값을 치를 방법도, 잔디밭 공놀이 레인 끝에 세울 다프네 조각상 값을 마련할 길도, 그리고 지난해 미카엘 축제 때 제 흑인 시동이 집시들한테서 사다 준 인도 앵무새 값도 어떻게 치러야 하나 아직 방법을 찾는 중이니, 보시다시피 사소한 것에 돈을 낭비할 여유가 없답니다.'

그리고는 무안해하며 물러나는 신부를 향해

부인이 어깨너머로 내던지듯 말했다지요.

'공작님 주머니를 열어 달라고 블란디나 성녀[14]에게 기도해 보세요!'

이에 신부는 아주 조용하게 응대했답니다.

'마님의 제안은 참으로 훌륭하십니다. 저는 이미 복된 성녀께 간청을 드렸습니다. 공작님께서 이곳의 일을 다 알게 해달라고요.'

그 말에, 곁에 섰던 넨시아의 말로는, 공작 부인의 얼굴이 벌겋게 달아올라 신부에게 방에서 나가라고 손짓을 했다고 합니다. 그리고는 제 할머니를 향해

'빨리!'

라고 소리쳤답니다. 할머니는 기꺼이 심부름할 준비가 되어 있었지요.

'정원사 아들 안토니오를 불러줘! 새로 들여온 향기 나는 카네이션에 대해 그에게 할 말이

---

14 Saint Blandina: 서기 177년에 로마제국 리옹에서 순교한 성녀.

있어…….'

 저기, 제가 말씀드렸는지 모르겠습니다만, 예배당 지하 묘실에는 리옹의 성인인 블란디나 성녀의 넓적다리뼈를 모신 석관이 있었습니다. 사람이 셀 수 없을 만큼 오랜 세월 동안 그곳에 모셔져 있었지요. 전해 듣기로는, 프랑스의 한 위대한 공작께서 저희 선대 공작 중 한 분과 함께 튀르크인들에 맞서 싸운 뒤 선물한 유물이라고 합니다. 이후로 그 물건은 이 명문가에서 특별한 숭배의 대상이 되어 왔지요. 그런데 공작 부인이 홀로 이곳에 남게 된 뒤로 부인은 그 유물에 각별한 신심을 기울이는 것이 목격되었습니다. 자주 예배실에서 기도를 드렸고, 심지어 묘실 입구를 덮고 있던 돌판을 나무판으로 바꾸게 하여, 언제든 그곳에 내려가 관 앞에 무릎을 꿇을 수 있도록 했답니다. 이런 모습은 집안사람들 모두에게 경건한 감동을 주었고, 특히 신부가 기뻐할 일이었지요. 그러나 솔직히 말씀드리자면, 신부는 다디단 사과를 먹으면서도 시큰둥한 표정을 짓는 그런 부류의 사람이었습니다.

어찌 되었든, 공작 부인이 신부를 내보낸 뒤 곧장 정원으로 달려가 정원사 아들 안토니오와 새로 피어난 카네이션에 관해 열심히 이야기를 나누는 걸 보았다고 합니다. 그리고 그날 하루 내내 그녀는 실내에 머물며 버지널[15]을 달콤하게 연주하였다지요. 넨시아는 공작 부인이 신부의 청을 거절한 것이 잘못이라 줄곧 생각했지만, 감히 말로 꺼내지 않았답니다. 공작 부인을 이성적으로 설득하려는 것은, 가뭄에 비를 청하는 기도만큼이나 헛된 일이었기 때문입니다.

그해 겨울은 일찍 찾아왔습니다. 만령절[16] 무렵에는 언덕에 눈이 쌓였고, 바람은 정원을 휘감아 생기를 앗아가 버렸으며, 온실 속 레몬 나무

---

15 줄을 뜯어 소리를 내는 작은 건반 악기로, 하프시코드 계열에 속한다.
16 매년 11월 2일에 죽은 이들의 영혼을 위해 기도하고 추모하는 날.

들마저 움츠러들었습니다. 공작 부인은 이 혹독한 계절 내내 방에 틀어박혀, 난롯가에 앉아 자수를 놓거나 이전에는 읽은 적 없는 성경을 읽었습니다. 또한, 자주 예배실에서 기도를 드렸답니다. 신부는 아침 미사를 집전할 때 외에는 결코 예배실에 발길을 들이지 않았습니다. 미사 시간이면 공작 부인은 2층 기도석에 앉아 있었으며, 하인들은 차가운 대리석 바닥의 한기로 류머티즘에 시달릴 지경이었지요. 신부 자신도 추위를 몹시 싫어해, 마치 마녀에게 쫓기는 사람처럼 미사를 서둘러 끝내곤 했습니다. 그 나머지 시간에는 늘 서재에 틀어박혀 화로 곁에서 끝없이 책더미를 뒤적였다고 합니다.

손님께서는 제가 언제쯤 본론으로 들어갈까 궁금하시지요. 다가올 이야기가 두려워 일부러 이야기를 더디게 이어온 걸 인정합니다. 아무튼, 그해 겨울은 길고도 혹독했습니다. 날씨가 추워지자 공작은 비첸차를 더 이상 방문하지 않았고,

공작 부인이 말벗으로 삼을 이는 하녀들과 정원사들뿐이었습니다. 그런데도, 할머니의 말씀으로는, 그녀가 얼마나 꿋꿋한 기색과 씩씩한 기운을 지켜내던지 참으로 놀라웠다고 합니다. 다만 한 가지, 예배실에서 기도하는 시간이 길어졌다는 점은 눈에 띄었는데, 그곳에는 온종일 그녀를 위해 화로를 피웠다고 합니다. 젊은이들이 본디 누려야 할 즐거움을 빼앗기면 종종 종교에 의지하곤 하는 법이지요. 할머니 말씀처럼, 살아 있는 사람 중 말벗이 될 만한 이가 거의 없던 부인이 죽은 성인의 곁에서 위안을 찾았으니 그나마 다행이라 할까요.

그해 겨울, 할머니는 공작 부인을 거의 뵐 수 없었습니다. 부인이 누구에게나 의연한 태도를 보이긴 했으나, 점점 더 혼자 지내려 했기 때문입니다. 넨시아만을 곁에 두었고, 심지어 기도를 드릴 때는 넨시아마저 자리에서 물리곤 했습니다. 그것은 자신의 기도를 아무에게도 보이고 싶지 않은, 진정한 경건함의 표식이었습니다. 그래서 넨시아에게 특별한 명령이 내려졌습니다. 혹시 부인이 기도할 때 신부가 오면 곧장 알려달라고요.

아무튼, 겨울이 지나고, 봄이 한창 무르익을 무렵, 어느 저녁에 할머니는 매우 놀라운 일을 겪었답니다. 그것은 전적으로 할머니 잘못이었지요. 왜냐하면, 넨시아가 할머니에게 방에서 바느질하고 있으라고 했던 시간에 안토니오와 함께 라임 나무 오솔길을 걷고 있었거든요. 산책 중에 넨시아의 창문에 갑자기 불빛이 비치는 것을 보고, 할머니는 자신의 행실이 들통날까 두려워 황급히 월계수 숲을 가로질러 집으로 달려갔습니다. 그 길은 예배실 옆으로 나 있었는데, 밖은 어둡고 달빛도 희미했기에 할머니는 부엌 쪽으로 몰래 들어가려고 살금살금 예배실 옆을 더듬으며 지나갔습니다. 그때 등 뒤 가까이에서 갑자기 '쿵' 소리가 들렸습니다. 마치 누군가가 예배실 창문에서 뛰어내린 듯했습니다. 어린 할머니는 가슴이 덜컥 내려앉았지만, 달아나면서 뒤를 흘깃 돌아보니 과연 한 남자가 테라스를 가로질러 허겁지겁 달아나고 있었습니다. 그리고 그가 집 모퉁이를 급히 돌아설 때, 할머니는 분명 신부의 옷자락이 스치는 걸 보았다고 맹세했습니다. 그런데 참으로 이상한 일이었습니다. 왜냐하면, 신부가 예배실 문으로 나가면 되지, 왜 굳이 창문으로 뛰어내렸을까요? 보셨는지 모르지만, 예배실 1층에는 응접실로 이어지는 문이 있습니다. 예배실에서 나오는 또 다른 유일한 길은 공작 부인의 기도석을 지나는 길이지요.

할머니는 그 일을 곰곰이 생각하다가, 며칠이 지나 겁이 가라앉은 뒤에야 라임 나무 오솔길에서 안토니오를 다시 만나 무슨 일이 있었는지 털어놓았습니다. 그런데 놀랍게도 그는 그저 웃으며 말했다지요.

'이 단순한 아가씨야, 그 사람은 창문으로 빠

져 나오려던 게 아니라 훔쳐보려던 거야.'

그리고는 더는 한마디도 하지 않았다고 합니다.

그렇게 계절은 부활절로 접어들었고, 거룩한 축일을 맞아 공작이 로마로 갔다는 소식이 전해졌습니다. 그가 어디를 가고 오는지가 별장의 일상에 큰 변화를 주지는 않았지만, 공작의 누런 얼굴이 아펜니노 산맥 너머에 있다는 생각만으로도 지대에 있는 사람들 모두 한결 마음이 편했지요. 어쩌면 신부만 제외하고 말입니다.

그러던 5월 어느 날, 공작 부인은 넨시아와 함께 오랫동안 테라스를 거닐며 앞에 펼쳐진 아름다운 풍경과 돌 화병에 담긴 카네이션의 향기를 즐겼습니다. 한낮이 가까워지자 공작 부인은 자신의 방으로 들어가 오늘은 침실에서 식사하겠다고 지시했답니다. 할머니는 음식 나르는 일을 거들었는데, 그때 공작 부인의 두드러진 아름다움에 눈길이 갔다지요. 화창한 날씨를 기념하여 은빛이 감도는 드레스를 차려입고 드러난 어깨에는 진주를 늘어뜨려, 황제와 함께 궁정에서 춤을 춰도 어울릴 만큼 눈부셨다고 합니다. 게다가 평소에는 음식에 크게 신경 쓰지 않던 분이 드물게 진수성찬을 마련하도록 했답니다. 젤리, 사냥한 고기로 만든 파이, 시럽에 절인 과일, 향신료 케이크, 그리고 그리스산 포도주까지…… 하녀들이 그것을 차려놓자 그녀는 고개를 끄덕이고 손뼉까지 치며 거듭 말했다지요.

'오늘은 실컷 먹을 테야.'

하지만 그녀는 이내 다른 기분에 사로잡혔습니다. 공작 부인은 식탁에서 물러나더니 묵주를 가져오라며 넨시아에게 말했습니다.

'날씨가 좋아서 기도를 게을리했구나. 식사 전에 성인호칭 기도를 드려야겠다.'

그녀는 평소처럼 하녀들을 내보내고 문을 잠갔습니다. 넨시아와 할머니는 침구실로 내려가 할 일을 했지요. 침구실에서는 저택의 앞마당이 보였는데, 할머니는 갑자기 이상한 광경이 다가오는 것을 목격했답니다. 먼저, 모두가 로마에 있다고 알고 있는 공작의 마차가 길을 따라 다가왔고, 그 뒤로 노새와 소가 긴 줄로 연결된 수레를 끌고 왔습니다. 수레 위에는 수의 같은 천으로 감싼, 무릎을 꿇은 듯한 형상이 보였습니다. 이 낯선 모습에 소녀는 어안이 벙벙해졌고, 공작의 마차가 문 앞에 다다랐을 때야 비로소 공작의 도착을 알려야 한다는 생각이 들었답니다. 한편 그 장면을 본 넨시아는 얼굴이 하얗게 질려 방에서 뛰쳐나갔습니다. 넨시아의 표정에 겁을 먹은 할머니도 뒤따랐고, 두 사람은 예배실로 향하는 복도를 달렸습니다. 가는 길에 그들은 책에 몰두해 있던 신부를 만났는데, 신부는 놀란 표정으로 어디로 달려가는지 물었습니다. 두 사람이 공작의 도착을 알리러 간다고 하자 그가 깜짝 놀라 이것저것 캐물으며 감탄사를 연발하는 바람에, 신부가 두 사람을 놓아주었을 때쯤 공작은 이미 그들 바로 뒤에 다가와 있었답니다. 넨시아가 먼저 예배실 문에 도착해 공작이 왔다고 외쳤지만, 공작 부인이 답을 하기도 전에 공작이 이미 넨시아 옆에 서 있었다고 하지요. 그 뒤에 신부가 뒤따르고 있었고요.

잠시 후 문이 열리고 공작 부인이 서 있었습니다. 한 손에 묵주를 쥐고 어깨 위에는 스카프를 두르고 있었지요. 하지만 스카프 사이로 어깨가 안개 속 달빛처럼 비쳤고, 얼굴은 아름다움으로 반짝였습니다. 공작은 머리를 숙이며 그녀의 손을 잡았습니다.

'부인, 기도 중인 당신을 이렇게 놀래주는 것보다 더 큰 행복은 없을 것입니다.'

'공작님께서,'

공작 부인이 대꾸했습니다.

'미리 도착을 알려주셨더라면 제 기쁨이 더 컸을 것입니다.'

'만약 부인께서 저를 예상하고 계셨더라도, 지

금 이것보다 더 어울리게 단장하고 맞아주실 수는 없었을 것입니다. 부인처럼 젊고 아름다운 여성 가운데 성인에게 기도드릴 때 마치 연인을 맞이하듯 이렇게 차려입는 경우가 드무니까요.'

'공작님,'

그녀가 다시 대답했습니다.

'연인을 맞이할 기회를 한 번도 누려보지 못했기에, 저는 기도의 기회에 최선을 다할 수밖에 없지요……. 그런데, 저게 뭐죠?'

그녀는 뒤로 물러나며 소리쳤고, 묵주가 손에서 떨어졌습니다.

응접실 반대편에서 무거운 물건이 바닥에 끌리는 듯한 요란한 소리가 났습니다. 곧 열두 명의 남자가, 소가 끄는 수레 위에 있던 천으로 덮인 물체를 문턱 너머에서 끌고 오는 것이 보였습니다. 공작은 손으로 그것을 가리키며 말했습니다.

'부인, 저것은 부인의 지극한 신앙심을 기리기 위한 헌물(獻物)입니다. 부인께서 이 예배실의 신성한 유물을 숭배한다는 이야기를 듣고 무척 흡족했답니다. 그래서, 겨울의 혹독함이나 여름의 무더위에도 꺾이지 않는 그 열성을 기념하기 위해, 부인의 모습을 본떠 조각해 달라고 주문했지요. 베르니니 기사가 놀라운 솜씨로 빚은 이 조각상을 제단 앞, 지하 묘실 입구 위에 놓도록 지시했습니다.'

공작 부인은 얼굴이 창백해졌음에도 장난기 섞인 미소를 지으며 말했습니다.

'제 신앙심을 기린다고요? 말씀 속에 공작님의 농담이 섞여 있네요······.'

'농담이라고요?'

공작이 말을 끊었습니다. 그리고는 이제 예배실 문턱에 도달한 사람들에게 손짓했습니다. 순간, 인물을 덮은 포장이 벗겨졌고, 실제 모습과 같이 무릎 꿇은 공작 부인의 모습이 나타났지요. 모두가 놀라 감탄하는 중에, 정작 부인은 대리석보다 더 창백한 얼굴로 서 있었습니다.

'이걸 보세요.'

공작이 말했습니다.

'이것은 농담이 아니라, 위대한 베르니니의 끌이 빚어낸 경이로운 걸작이랍니다. 저 형상은 천재 화가 엘리사베타 시라니[17]가 그린 당신의 소형 초상화를 바탕으로 완성된 것이지요. 반년 전 내가 그 그림을 베르니니에게 보냈는데, 결과가 어떠한지는 보는 사람 모두가 감탄하지 않을 수 없을 것입니다.'

'반년 전이라고요!'

공작 부인이 외치며 당장이라도 쓰러질 듯 비틀거렸습니다. 공작이 재빠르게 그녀의 손을 붙들었습니다.

'이 정도는 아무것도 아니지요. 부인이 보이는 이 지나친 감동보다 나를 더 기쁘게 하는 것은 없습니다. 참된 경건은 늘 겸손한 법, 그러니 이

---

[17] Elisabetta Sirani(1638~1665): 이탈리아 볼로냐 출신의 바로크 화가이자 판화가.

보다 더 그대에게 어울리는 감사 표현은 없을 겁니다.'

그리고는 공작이 남자들에게 말했습니다.

'자, 이제 그 조각상을 제자리에 갖다 놓아라.'

이 말을 듣고 공작 부인은 다시 정신을 차린 듯했고, 그녀는 깊은 경의를 담아 대답했습니다.

'공작께서도 인정하시듯, 이토록 뜻밖의 은총에 제가 감동하는 것은 당연하지요. 베푸신 영예는 제 특권으로 받아들이겠사오니, 다만 제 겸허한 마음을 헤아리시어 조각상을 예배실 가장 구석에 놓아주시길 간청합니다.'

그 말에 공작의 얼굴이 어두워졌습니다.

'뭐라고! 저 거장의 걸작을, 솔직히 말하면 금화로 포도밭 하나 값을 치른 이 작품을, 시골 석공의 서툰 조각처럼 눈에 띄지 않는 곳에 감추어 두겠다고요?'

'감추고 싶은 것은 조각가의 작품이 아니라, 제 모습입니다.'

'부인이 내 집에 어울린다면 신의 집에도 어울리며, 두 곳 모두에서 영예의 자리를 누릴 자격이 있습니다. 조각상을 앞으로 가져오거라, 이 느림보들아!'

공작이 인부들에게 외쳤습니다.

공작 부인은 순순히 물러나며 말했습니다.

'늘 그러하시듯 공작님 말씀이 옳습니다. 그러면 적어도 조각상을 제단 왼쪽에 두어, 위를 올려다보면 기도석의 공작님 좌석을 바라볼 수 있게 해주십시오.'

'좋은 생각입니다, 부인. 그런 생각을 하다니 고맙군요. 그러나 나는 오래전부터 내 모습의 조각상을 제단 반대쪽에 둘 계획이었습니다. 아시다시피, 아내의 자리는 남편 오른쪽이지요.'

'맞습니다, 공작님. 그러나 만약 누추한 제 모습이 공작님 조각상과 나란히 무릎 꿇는 과분한 영예를 누리려 한다면, 지금 우리가 살아서 기도하는 자리인 제단 바로 앞에 두 개의 상을 모두

두면 어떨까요?'

'그렇다면 부인, 조각상들이 우리 자리를 차지하면 우리는 어디에서 무릎을 꿇겠소? 게다가……'

공작은 여전히 감정이 전혀 드러나지 않는 어조로 말했습니다.

'당신의 조각상을 지하 묘실 입구 위에 둘 특별한 이유가 있답니다. 그곳에 안치된 성인께 바치는 부인의 특별한 헌신을 기릴 뿐 아니라, 바닥의 입구를 막아 성인의 유해를 영구히 안전하게 보존하기 위해서요. 그동안 성인의 유해를 훼손하고 모독하려는 시도가 있었던 것도 사실이고.'

'무슨 시도 말씀인가요, 공작님?'

부인이 소리쳤지요.

'제 허락 없이 이 예배실에 들어오는 이는 없습니다.'

'예, 그렇겠지요. 또한, 부인의 경건함을 생각하면 충분히 믿을 수 있죠. 그렇지만 부인, 밤에

는 범죄자가 창문을 통해 몰래 들어올 수도 있고, 부인께서 모를 수도 있으니까요.'

'저는 잠귀가 밝고 깊이 잠들지 못한답니다.'

공작 부인이 대답했지요.

공작은 걱정스러운 듯 그녀를 바라보았습니다.

'정말이오? 젊은 나이에 그건 좋지 않은 징조요. 숙면할 수 있는 약을 마련해 보라고 조치하겠소.'

공작 부인의 눈에 눈물이 고였습니다.

'그렇다면 제가 그 성스러운 유물을 참배하며 얻는 위안을 빼앗으려 하시는 겁니까?'

'아니요. 나는 부인이 유물을 영원히 지킬 수 있게 하려는 겁니다. 당신보다 그 일에 더 적합한 사람이 없다는 걸 잘 알고 있으니까요.'

이때 공작 부인의 조각상이 지하실 입구를 덮은 나무판 가까이 옮겨졌습니다. 공작 부인은 몸을 날려 앞으로 달려가 길을 막았습니다.

'공작님, 조각상은 내일 제자리에 놓으시고,

오늘 밤만은, 제가 그 성스러운 유해 곁에서 마지막 기도를 드리게 해주세요.'

공작이 재빨리 그녀 곁으로 다가왔습니다.

'좋은 생각입니다, 부인. 지금 나와 같이 지하실로 내려가 함께 기도합시다.'

'공작님, 안타깝게도 공작님의 오랜 부재로 인해 저는 홀로 기도하는 습관이 생겼답니다. 솔직히 말씀드리자면, 옆에 누가 있으면 기도에 집중하기가 어려워서요.'

'부인, 그대의 꾸짖음을 받아들이겠소. 사실 지금까지 직무상 오래 자리를 비워야 했지만, 이제부터는 부인이 살아 있는 동안 곁에 있겠소. 함께 지하실로 내려가실까요?'

'아닙니다. 그곳 공기가 너무나 차고 습해서 공작님의 건강을 해칠까 걱정스러워요.'

'그럴수록 부인도 그런 공기에 노출되면 안 되지요. 부인께서 신앙의 열정을 참지 못하고 내려가지 않도록, 즉시 입구를 막아야겠소.'

공작 부인은 나무판 위에 무릎을 꿇고, 하염없이 눈물을 흘리며 두 손을 하늘로 쳐들었습니다.

'오, 공작님! 고귀한 유해를 접견하는 위안을 빼앗다니 잔인하십니다. 당신께서 공작의 소임을 다 하시는 동안 제가 감내해야 했던 외로움을 버틸 수 있게 힘을 준 성스러운 유물인데…… 만약 그동안의 기도와 묵상으로 제가 외람되오나 한마디 말할 권한을 주신다면, 공작께 감히 경고합니다. 블란디나 성녀께서 우리가 그녀의 존귀한 유해를 이렇게 버려두는 것을 절대 용서치 않으실까 두렵습니다!'

공작은 이 말에 잠시 멈칫하는 듯했습니다. 그도 신앙심이 깊은 사람이었기 때문이지요. 그리고 할머니는 공작이 신부와 눈길을 교환하는 듯 보였다고 합니다. 그때 신부가 시선을 땅에 두고 소심하게 앞으로 나서며 말했답니다.

'부인께서 하신 말씀에 참으로 지혜가 담겨 있습니다. 다만, 공작님, 저는 이렇게 제안하고 싶습니다. 부인의 경건한 바람을 이루어드리면서 성인을 보다 눈에 띄게 기리는 방법은, 유물을 지하 묘실에서 꺼내와 제단 바로 아래로 옮기는 것입니다.'

'그렇군!'

공작이 외쳤습니다.

'즉시 실행하도록 하지요.'

그러자 공작 부인이 무서운 표정으로 일어섰습니다.

'아뇨, 하나님의 이름으로, 그건 안 됩니다! 공작께서 제 요청을 모두 거절하셨는데, 다른 사람의 간청에 그런 허락을 하시다니 그건 안 될 일입니다!'

신부는 얼굴이 벌겋게 달아올랐고, 공작은 안색이 누렇게 변했습니다. 둘은 잠시 아무 말이 없었습니다. 마침내 공작이 입을 열었습니다.

'이야기는 충분히 들었소, 부인. 유해를 지하 묘실에서 꺼내와도 괜찮겠소?'

'저는 남의 손을 거쳐 이루어지는 일은 바라지 않습니다!'

'그렇다면 조각상을 원래 있어야 할 자리에 두겠소.'

공작이 격앙된 어조로 말하며 부인을 끌어다 의자에 앉혔습니다.

할머니 말에 따르면, 조각상을 끌고 와 제자리에 놓는 동안 공작 부인은 화살처럼 꼿꼿하게 그곳에 앉아 두 손을 맞잡고 고개를 높이 들고 눈은 공작을 똑바로 바라보고 있었답니다. 그리고는 일어나 몸을 돌렸습니다. 공작 부인이 넨시아 곁을 지날 때

'안토니오를 불러와.'

라고 속삭였지만, 말이 끝나기도 전에 공작이 둘 사이를 막아섰습니다.

'부인,'

공작이 웃음을 띠며 말했습니다.

'내가 부인에 대한 존경의 증표를 빨리 전해주

고 싶어 로마에서 곧장 달려왔소. 어젯밤 몬셀리체에서 묵었고, 동트자마자 길을 나섰습니다. 그러니 내게 저녁 식사를 함께하자고 청하지 않으시겠소?'

'물론이죠, 공작님.'

부인이 대답했습니다.

'한 시간 안에 식당에 준비해 놓겠습니다.'

'지금 곧바로 부인 방에서 식사하면 어떻겠소? 평소 거기서 식사한다고 알고 있는데요.'

'제 방에서요?'

공작 부인이 당황한 듯 물었습니다.

'안 될 이유라도 있소?'

공작이 물었습니다.

'그럴 리가요. 잠시 몸단장할 시간을 주시기 바랍니다.'

'그럼 나는 부인 서재에서 기다리겠소.'

공작이 말했습니다.

그 말에, 할머니 말씀에 따르면, 공작 부인은

마치 천국의 문이 닫히는 것을 바라보는 지옥의 영혼들과 같은 표정을 보였다고 합니다. 그 후 넨시아를 불러 자신의 방으로 들어갔고요.

그 방에서 무슨 일이 벌어졌는지 할머니는 알 수 없었답니다. 다만, 공작 부인이 매우 급하게, 보기 드물게 화려하게 치장을 했다고 하지요. 머리에 금가루를 뿌리고, 얼굴과 가슴에 화장품을 바르며, 온몸을 보석으로 장식하여 로레토의 성모처럼 빛나게 단장했답니다. 부인이 단장을 막 마치는데, 저녁상을 든 하인들과 함께 공작이 서재에서 들어왔습니다. 그제야 공작 부인은 넨시아를 방에서 내보냈습니다. 할머니는 이후 일어난 일은, 상을 나른 뒤 서재에서 기다리던, 찬방의 어린 하인한테서 들은 것뿐이라고 합니다. 침실 안으로는 공작의 시종만이 들어갔으니까요.

어린 하인은 눈과 귀를 곤두세우고 온몸으로 보고 들었다고 합니다. 그는 이전에는 공작 부인 가까이에 가본 적이 없었기에, 그 순간 그가 본

바에 의하면 존귀한 두 분이 무척 화기애애한 분위기 속에서 자리에 앉으셨답니다. 공작 부인은 오랫동안 집을 비운 남편을 장난스럽게 나무랐고, 공작은 아내의 눈부신 아름다움이야말로 자신에게 가장 가혹한 벌이었다고 맹세하며 화답했다고 합니다. 그렇게 대화가 이어지며 공작 부인은 유쾌한 농담을 던지고 공작은 다정한 애정을 드러내어, 하인은 두 분이 마치 여름밤 포도밭에서 사랑을 속삭이는 연인 같았다고 전하였습니다. 그렇게 두 사람의 즐거운 대화는 향신료를 넣어 따뜻하게 데운 포도주를 하인이 들고 들어올 때까지 이어졌습니다.

그때 공작이 이렇게 말했습니다.

'아, 오늘 이 즐거운 저녁은 그동안 내가 당신과 떨어져 보내야 했던 수많은 쓸쓸한 밤을 충분히 갚아주는군요. 작년, 마당 정자에서 사촌인 아스카니오와 함께 초콜릿을 마시며 웃었던 그날 이후, 이렇게 즐겁게 웃어본 적이 없었던 것

같습니다. 그러고 보니 궁금하네요. 내 사촌은 건강하게 잘 지내고 있나?'

'저도 들은 바가 없어요. 우선 이 따뜻한 포도주에 조린 무화과를 한번 맛보세요.'

라고 공작 부인이 권했습니다.

'나는 지금 당신이 주는 것은 무엇이든 먹고 싶은 기분이오.'

공작은 그녀가 주는 무화과를 먹으며 덧붙였습니다.

'오늘 저녁이 이미 완벽하게 즐겁지만, 그렇지 않았다면 사촌 아스카니오까지 불러 함께했을지도 모르겠습니다. 그는 만찬 자리에서 흥을 꽤 돋울 수 있는 인물이니까요. 어떻게 생각하시오, 부인? 그가 아직 시골에 머물러 있다고 들었는데, 사람을 보내 함께 하자고 해볼까요?'

'아아……'

공작 부인은 한숨을 내쉬며 애잔한 눈길을 보내고는,

'벌써 제게 싫증이 나셨군요.'
라고 대답했다지요.
 '내가, 부인을? 아스카니오가 참으로 괜찮은 녀석이지만, 내 생각에는 지금 그 녀석의 가장 큰 장점은 이 자리에 없다는 점이오. 덕분에 그에게 한결 애정이 느껴져서, 신께 맹세코 그의 건강을 위하여 술잔을 비울 수 있을 정도랍니다.'
 이렇게 말하며 공작은 자기 잔을 집어 들고, 하인에게는 공작 부인의 잔을 채우라고 손짓했답니다.
 '자, 사촌을 위하여!'
 공작이 자리에서 일어나 외쳤습니다.
 '자기가 환영받지 못할 때는 알아서 물러날 줄 아는, 훌륭한 분별력을 가진 사촌에게! 그의 장수를 위하여 내가 잔을 들겠소. 자, 부인께서는?'
 이때 굳은 표정으로 앉아 그를 뚫어지게 바라보던 공작 부인도 함께 일어나, 잔을 들어 올려 입술에 가져갔습니다.

'그의 행복한 죽음을 위하여!'

그녀가 광기에 휩싸인 듯한 목소리로 말을 마치자마자 빈 잔이 손에서 떨어졌고, 그녀는 얼굴을 바닥에 부딪치며 쓰러졌습니다.

공작은 하녀들에게 부인이 기절했다고 소리쳤고, 하녀들이 달려와 그녀를 침대로 옮겼답니다…… 넨시아의 말로는, 그날 밤새도록 공작 부인이 끔찍한 고통에 시달리며 마치 화형대에 묶인 이단지처럼 몸부림쳤으나, 말은 단 한마디도 내뱉지 않았답니다. 공작은 밤을 지새우며 그녀 곁을 지켰고, 새벽녘이 다가오자 신부를 불러오라고 명령했습니다. 그러나 이미 부인은 의식을 잃었고, 입을 굳게 다물고 있어 성체를 입에 모실 수도 없었답니다.

· · · · · · · ·

공작은 친척들에게 부인이 세상을 떠났다고

알렸습니다. 남편이 집에 온 것을 기념하여 마련한 만찬에서, 향신료 가득한 포도주와 잉어 알로 만든 오믈렛을 지나치게 먹은 탓이라고 말했습니다. 이듬해, 공작은 새 공작 부인을 집으로 맞아들였고, 그녀는 그에게 아들 하나와 딸 다섯을 낳아주었답니다."

5

 하늘은 차갑고 무심한 잿빛으로 굳어 있었고, 그 앞에 선 저택은 칙칙하고 속을 알 수 없는 모습으로 우뚝 서 있었다. 누런 플라타너스의 잎 한 장이 바람에 흩날렸다. 계곡 건너편 언덕들은 천둥을 머금은 구름처럼 자줏빛으로 물들어 있었다.

 "그러면 조각상은요?"
 내가 물었다.

"아, 그 조각상 말씀이군요. 글쎄요, 손님. 지금 우리가 앉아 있는 바로 이 벤치에서 제 할머니가 해준 이야기가 있습니다. 어린 시절, 할머니는 다른 또래 소녀가 그러하듯 아름답고 친절한 부인을 우러러 모셨지요. 그러나 그 밤, 할머니는 공작 부인의 방에 들지 못한 채, 공포의 밤을 보냈다고 합니다. 방 안에서 들려오는 울음과 신음을 들었고, 구석에 움츠리고 앉아 하녀들이 넋 나간 표정으로 뛰어다니는 모습을 보았다고 합니다. 문가에 드러난 공작의 핼쑥한 얼굴, 접견실 구석에 숨어 성무일도서[18]만 뚫어지게 들여다보던 사제의 모습도 보았다고 하지요. 그날 밤 그리고 다음 날 아침에도, 어린 소녀에게 신경 쓰는 이는 아무도 없었습니다. 해 질 무렵, 공작 부인이 세상을 떠났다는 소식이 알려졌을 때, 어린 할머니는 돌아가신 주인을 위해 기도를 올리

---

18 가톨릭교회의 공식적인 경배 의식에 사용되는, 교황이 공인한 책.

고 싶다는 경건한 마음이 들었습니다. 그래서 살금살금 예배실로 가서 아무도 모르게 들어갔습니다. 그곳은 비어 있고 어두컴컴했으나, 앞쪽으로 나아가자 어디선가 낮은 흐느낌이 들렸습니다. 그리고 조각상 앞에 이르렀을 때 그 얼굴을 보았답니다. 전날까지만 해도 그렇게 상냥하게 웃던 얼굴이 지금은 손님도 아는 그 표정으로 변해 있었고, 흐느낌은 그 입술에서 흘러나오는 듯했다는 것입니다. 할머니는 온몸이 얼어붙는 듯했는데, 무슨 이유에선지 소리치거나 비명을 지를 수 없었다고 나중에 얘기하더군요. 겨우 몸을 돌려 그곳에서 뛰쳐나온 할머니는 복도에서 그만 기절해 쓰러지고 말았는데, 정신을 차려보니 자기 방이었다고 해요. 그리고 공작이 예배실 문을 잠가버리고 누구도 그 안에 발을 들이지 못하게 했다는 소식을 들었습니다.

그곳은 공작이 죽은 뒤, 다시 말해 십여 년이 지난 후에야 다시 열렸습니다. 그리고 그때 새

상속자와 함께 들어간 다른 하인들이 비로소, 내 할머니가 마음속에만 간직하고 있던 그 끔찍한 광경을 본 것입니다."

"그렇다면, 지하 묘실은요?"

내가 물었다.

"단 한 번도 열리지 않았단 말입니까?"

"절대로 안 될 일이지요, 손님. 하늘이 용서치 않으실 겁니다!"

십자 성호를 그으며 노인이 외쳤다.

"유물을 건드리지 말라는 것이 공작 부인의 분명한 뜻이 아니었습니까?"

옮긴이의 글

심리와 공간으로 읽는 워튼의 두 단편

이디스 워튼의 단편 〈로마 열병〉과 〈기도하는 공작 부인〉은 시대와 공간은 다르지만, 집요한 사랑의 힘과 불멸성, 그리고 은폐된 진실이라는 공통의 주제를 품고 있다. 전자는 20세기 초 로마의 휴양지, 후자는 17세기 이탈리아 대저택을 무대로 하면서도, 두 작품 모두에서 사랑은 낭만적 서사로 그려지지 않는다. 오히려 질투와 복수로 얼룩진 인간 내면의 심리와 그로 인한 비극이

핵심을 이룬다.

1934년에 발표된 〈로마 열병〉은 워튼 후기 단편 중 가장 널리 읽히는 작품 가운데 하나다. 현대에는 라디오 드라마, 연극, 오페라 등으로 여러 차례 각색되어 대중에게 소개되었다. 1964년 미국 캘리포니아 〈KPFA 라디오〉에서 라디오 극으로 방영되었고, 1983년 아일랜드 더블린에서는 1막짜리 연극으로, 1993년에는 미국 듀크 대학교에서 오페라로 초연되었다. 이후 헝가리 부다페스트, 뉴욕, 런던 등지에서도 오페라 무대에 올려졌다.

작품 전편을 흐르는 치밀한 심리 묘사와 예상치 못한 반전은 이 작품이 꾸준히 사랑받는 이유다. 한국에서도 2001년 MBC 단막극 〈열병〉으로 각색되었는데, 배경을 로마 대신 제주 공항으로 옮기고 은숙과 미정이라는 두 여인의 재회로 이야기를 변주했다.

〈기도하는 공작 부인〉은 1901년 단편집 《중

대한 사실Crucial Instances》에 수록된 작품으로, 워튼의 초기작 가운데 하나다. 발자크가 1831년 《인간 희극》에 실었던 〈그랑드 브르테슈La Grande Bretèche〉을 번안했으며, 〈기도하는 공작 부인〉에는 르네상스풍 대저택과 정원, 조각상이 중요한 장치로 등장한다. 이 작품에서는 고딕적 서술 기법과 함께, 장엄한 공간 속에서 드러나는 인간 심리의 미묘한 결이 돋보인다.

심리 묘사로 읽는 복선

워튼의 소설은 뛰어난 심리 묘사를 따라가는 맛이 있다. 그녀의 인물들은 대체로 상류 사회의 규범과 예절에 갇혀 있지만, 작가는 점잖은 말과 행동 뒤에 숨어 있는 갈등과 욕망을 예리하게 드러낸다. 〈로마 열병〉에서 두 여인의 대화는 겉보기에 우정 어린 회상 같으나, 그 속에는 수십 년 묵은 질투와 복수가 도사린다. 얼라이다 슬레이드가 속으로 '그레이스 앤슬리는 늘 고루했지.' '이 풍경을 두고도 뜨개질이라니, 정말 그레이스답네.'라고 흘리는 생각이 이를 잘 보여준다. 어떤 경우에는 이런 속마음이나 주인공 사이의 대화가 뒤에 오는 사건의 복선이었다는 사실을 소설을 끝까지 읽은 후에 깨닫기도 한다. 다음에 오는 구절들이 바버라의 탄생 비밀을 암시하듯 말이다.

친구인 앤슬리 부인이 '내게는'이라는 말을 살짝 강조하며 맞장구를 쳤다. 슬레이드 부인은 친구가 그 구절에 힘을 주는 것을 눈치챘지만, 그것이 단지 우연인지, 아니면 별 의미 없는 말에 밑줄을 긋던 옛날 편지 쓰기 같은 것인지 의아했다.

"이렇게 말하기 조심스럽지만, 너와 호러스같이 점잖은 부부에게서 어떻게 저렇게 활동적인 아이가 나왔는지 참 궁금해."

〈기도하는 공작 부인〉에서는 속마음 대신 직접적인 대화를 통해 심리를 드러낸다. 작품은 액자식 구조로, 한 노인이 자신의 할머니에게서 들은 이야기를 손님에게 전하는 형식이어서 인물들의 내면 독백은 등장하지 않는다. 대신 공작과 공작 부인의 대화는 17세기 귀족풍의 점잖은 화법 속에 서짓과 은유, 빈정거림이 교차한다. 이 속에서 우리는 의심과 질투로 들끓는 공작의 집념, 애인을 지키려다 끝내 실패한 공작 부인의 절망과 체념을 읽을 수 있다.

건축과 공간의 활용

워튼에게 공간은 단순한 배경이 아니라 인물의 심리와 주제를 드러내는 장치다. 보스턴과 로드아일랜드에 직접 저택을 설계하고 디자인 관련 저서를 남긴 워튼에게 이는 자연스러운 글쓰기 방식이었다. 〈로마 열병〉과 〈기도하는 공작 부인〉에서도 로마 유적과 이탈리아 대저택의 건축적 특성이 섬세하게 묘사되며, 서사와 상징을 뒷받침한다.

〈로마 열병〉은 콜로세움과 유적이 내려다보이는 테라스에서 전개된다. 로마의 폐허는 슬레이드 부인과 앤슬리 부인의 감정처럼 오래되고 상처 입었으나 여전히 지워지지 않는 사랑과 비밀을 상징한다. 특히 콜로세움은 얼라이다가 위조 편지로 그레이스를 불러낸 장소이자, 실제로 그레이스와 델핀이 만난 공간으로, 과거와 현재를 연결하는 핵심 무대다.

〈기도하는 공작 부인〉은 방치된 대저택을 묘사하는 것으로 시작한다. 정원, 침실, 기도실, 가구와 그림, 조각상까지 모두 서사에 긴밀히 얽혀 있다. 장엄하지만 폐쇄적인 대저택은 자유분방한 공작 부인을 옭아매는 감옥 같은 공간이며, 특히 예배실과 벽화, 종교적 상징물들은 그녀에게 가해지는 제약과 압박을 시각적으로 드러낸다.

사랑의 불멸성

워튼은 종종 사회적 제약 속에서 인간이 어떻게 욕망과 사랑을 경험하는가를 탐구했다. 그녀의 인물들은 사랑을 성취하지 못하고 제도적·도덕적 한계 속에서 좌절한다. 그러나 바로 그 좌절이 사랑을 더욱 강렬하고 오래 남게 만든다. 〈로마 열병〉과 〈기도하는 공작 부인〉의 주인공들 역시 그러하다. 두 작품은 서로 다른 배경과 문체, 결말을 지녔지만, 하나는 은밀한 회상과 반전의 대화 속에서, 다른 하나는 고딕적 상징과 전설적 비극 속에서 사랑을 불멸의 것으로 만든다. 사랑은 이루어지든 좌절되든, 죽음으로 끝나든 기억 속에 묻히든, 결국 사라지지 않는다. 그것은 인간이 남긴 어떤 유산보다도 더 깊고, 오래, 강하게 살아남는다.

불멸의 연애 시리즈 03
기도하는 공작 부인

초판 1쇄 발행 2025년 11월 20일

지은이 이디스 워튼
옮긴이 김혜림
펴낸이 이혜경
기획·관리 김혜림
편집 변묘정, 박은서
디자인 여혜영
마케팅 양예린

펴낸곳 니케북스
출판등록 2014년 4월 7일 제300-2014-102호
주소 서울시 종로구 새문안로 92 광화문 오피시아 1717호
전화 (02) 735-9515
팩스 (02) 6499-9518
전자우편 nikebooks@naver.com
블로그 blog.naver.com/nikebooks
페이스북 facebook.com/nikebooks
인스타그램 (니케북스) @nike_books
　　　　　　(니케주니어) @nikebooks_junior

ⓒ 니케북스 2025

ISBN 979-11-94706-24-3　02840

책값은 뒤표지에 있습니다.
잘못된 책은 구입한 서점에서 바꿔드립니다.

김혜림

서울대학교 심리학과를 졸업하고, 미국 하버드대학교 대학원에서 사회심리학 박사과정을 수료했다. 그동안 번역한 책으로 《내가 마녀였을 때》, 《돌봄의 언어》, 《이중언어의 기쁨과 슬픔》, 《뇌과학의 비밀》, 《올리버의 재구성》 등이 있고, 어린이책으로는 《열두 살 궁그미를 위한 의학아 고마워!》, 《열두 살 궁그미를 위한 정치》, 《차별의 벽을 넘어 세상을 바꾼 101명의 여성》 등을 번역했다.

www.ingramcontent.com/pod-product-compliance
Lightning Source LLC
LaVergne TN
LVHW011737060526
838200LV00051B/3211